KB021925

달빛 되어 떠난 청노루 나그네

박목월 평전

달빛 되어 떠난 청노루 나그네

정창범 지음

문지사

목월木月과 나

　　목월은 내가 중학생이던 때, 나를 '창범'이라고 불렀다.
대학생이 되면서 '정군'이라고 불렀다. 문단의 말석을 차지하자,
'정형'이라고 불렀다. 대학에서 강의를 맡게 되면서 '정교수'라고도
했고, 여전히 '정형'이라고 불렀다.
나는 중학생 때부터 돌아가실 무렵까지 그분을 '선생님'이라고 불러
모셔 왔다. 선생님이라는 호칭 속에는 '아저씨'라는 뜻이 다분히 섞여
있다. 그 까닭은 해방 직후부터 오늘 현재까지 나는 줄곧 그분의
그림자를 밟거나 덕을 입으며 살아왔기 때문이다. 어렸을 때는 집안
어른과의 교분 관계로 그분은 우리 집에 자주 들려 술잔을 기우렸는데,
곁에 내가 무릎을 꿇고 앉아 있노라면,
　　"편히 앉거라, 니도 문학을 하겠다꼬? 우선 술부터 배와라."
　　하고 중학생인 나로 하여금 술 마시는 즐거움을 맛보게 해 주었다.
　　내가 대학을 마친 뒤에는 그분은 어쩌다 우리 집에 들려 집안 어른이
부재중이면, 나를 잡아끌어서 근처 대폿집에 앉혀 놓고 혀를 내밀며
웃었다. 이 무렵에 나는 이렇게 물은 기억이 있다.
　　"선생님 하필이면 왜 목월이라는 호를 달게 되었습니까?"
　　"목월은 호가 아니라 내 이름이야."
　　목월이라는 이름의 유래를 밝히진 않고 이런 얘기를 들려주었다.

목월이라는 이름을 스스로 지어놓고 엄친께 허락을 받고자 했다.

"그래 이름을 또 하나 졌다고? 뭐라고 지었노?"

"나무 木 달 月이라했습니다."

"야야, 니도 참 木月이가 뭐꼬 목월이가?"

엄친께서는 입을 다시며 돌아앉으시더라는 것이다.

내가 문단에 데뷔하기는 대학 재학 시절이었지만, 그런대로 글을 쓰기 시작한 것은 해군 장교로 복무 중일 때이다. 목월은 내가 어디다 무슨 글을 쓰면 꼭 기억해 두었다가 나를 만나면 칭찬보다는 이렇게 타일러 주었다.

"평론도 하나의 문학인데, 작품을 평하기에 앞서 눈부터 길러야 돼."

다시 말하면 비판하고자 하는 작품을 냉철하게 응시하라는 뜻이요, 작품을 정확하게 파악하라는 뜻이기도 했다. 아뭏든 좋은 약이 되었다. 군대를 제대하고 나서 몇 해 후에 나를 대학에서 강의를 맡게 해 준 이도 그분이다. 그분은 자주 이렇게 암시를 주었다.

"정형도 아다싶이 내가 무슨 학벌이 있나, 정식으로 공부를 했나. 그래서 한 시간을 강의하기 위해 사흘을 뜬 눈으로 새우다시피 하제. 일단 공부를 하고 나서 강의를 하면 학생들보다도 내가 먼저 흥이 나거든. 이 세상엔 무엇을 믿는지 사전에 아무 준비도 없이 교단에 서는 사람이 있으니…"

그 말에 흠칫 놀란 나는 오늘 현재까지 강의 준비에 많은 시간을 준비하는 버릇이 붙은 것도 사실이다.

나는 그분과 오랫동안 같은 대학에서 강의를 해 보았고 여기저기 그분을 모시고 초청 강연에 나서기도 했다. 그때마다 느낀 터지만 장내가 아무리 소란스럽다가도 그분만 단 위에 올라서면 물을 끼얹은 듯이 조용해지는 것이 신기할 정도였다. 그분의 한 마디 한 마디는 하나의 분위기를 조성하는 묘한 마력을 띠고 있어 초청 연사로 다음 차례를 기다리고 있는 나까지도 마음이 차분해지곤 했다.

이러한 목월은 한양대 국문학과장을 맡고 있을 때도 그랬지만, 한양대 문리과 대학장직을 맡는 동안에도 강의 준비를 할 때처럼 일에 몰두하는 버릇에서 벗어나지 못했다. 이미 그분의 곁을 떠나 있던 나는 어쩌다 그분을 뵙게 되면 이런 말을 했다.

"선생님, 그거 뭘 그렇게 열심히 하십니까. 적당히 하세요. 그래야 아랫사람도 편할 게 아닙니까?"

"허참, 정형 말 다 했나?"

하고 그분은 정색을 하고 나를 노려보았다. 나는 겁이 나서 너털웃음으로 얼버무릴 수밖에 없었다.

"하하하! 열심히 하세요, 열심히……"

- 목월은 갔다.

내가 위기에 처할 때마다 길잡이가 되어 준 목월이 갔다.

1981년 8월

목차

3 — 부록 • 박목월의 자전적 에세이

1

달빛 속에 목선 가득

목이 가는 소년

　　박목월朴木月은 1916년 1월 6일 경상북도 경주에서 약간 떨어진
월성군 서면 건천리의 모량毛良이란 마을에서 박준필朴準弼의 4남매
중 맏이로 태어났다.

　　목월의 부친은 대구 농업학교를 나와 경주 수리조합(현재의 토지
개량조합) 이사로 근무하고 있었다. 박준필이 고향을 떠나 있는
동안 목월의 모친은 열렬한 기독교 신앙으로 아이들을 교육
시키고 보살폈다.

　　목월의 본명은 영종泳鍾이다.

　　먼 훗날 목월은 자기의 고향을 이렇게 썼다.

　　건천乾川은 고향
　　역에 내리자,
　　눈길이 산으로 먼저 간다.
　　아버님과 아우님이
　　잠드는 선산先山.

거리에는 아는 집보다 모르는 집이 더 많고
간혹 낯익은 얼굴은
너무 늙었다.
우리 집 감나무는
몰라보게 컸고
친구의 손자가
할아버지의 심부름을 전한다.
눈에 익은 것은
아버님이 거처하시던 방
아우님이 걸터앉던 마루.
내일은
어머니를 모시고 성묘를 가야겠다.
종일 눈길이
그쪽으로만 가는
누구의 얼굴보다 친한
그 산에 구름
그 산을 적시는 구름 그림자.
—「산」

우리 고장에서는
오빠를
오라베라 했다.
그 무뚝뚝하고 왁살스러운 악센트로
오라베 부르면

나는 앞이 칵 막히도록 좋았다.

나는 머루처럼 투명한
밤하늘을 사랑했다.
그리고 오디가 샛까만
뽕나무를 사랑했다.

혹은 울타리 섶에 피는
이슬마꽃 같은 것을
그런 것은
나무나 하늘이나 꽃이기보다
내 고장의 그 사투리라 싶었다.

참말로
경상도 사투리에는
약간 풀냄새가 난다.
약간 이슬냄새가 난다.
그리고 입안이 마르는
황토흙 타는 냄새가 난다.
—「사투리」

한편 목월은 다정다감했던 어린 날의 추억을 「달과 고무
신」에서 다음과 같이 엮어 놓고 있다.

나는 소년 시절을 달빛 속에서 자랐다면 지나치게 시적詩的인 표현일 것이다. 하지만, 지금 생각하여도 나의 소년 시절의 회상은 거의 달과 직결되어 있는 것이다. 이 사실은 일종의 축복일 수도 있고, 어느 면에서는 서러운 일이기도 했다.

내가 소년 시절을 보낸 곳은 경주다. 지금처럼 개화된 경주는 물론 아니다. 그 당시만 하더라도 신라의 고도로서의 폐허다운 애수를 짙게 간직하고 있었다.

40여 년 전, 경주는 달빛이 하얗게 비치는 골목길이 어린이들의 놀이터요, 풀이 우거진 봉황대나 잔디가 아름다운 왕릉이 어린 이들의 생활 무대였다. 그러므로 달이 밝은 보름밤이면 어린 우리들은 지칠 줄 모르고 놀음에 미쳐 버리게 되었다. 달리 놀 만한 곳이 없었기 때문이다.

오늘날의 어린 소년들이라면 그처럼 자연과 밀접하게 친하고 달을 벗 삼아 놀지 않더라도 노는 법이 있었을 것이다. 어린이 놀이터가 따로 마련되고, 극장이나 운동장이 있는 것이다. 그러나 그 당시는 어린이들에게 주어진 것은 자연뿐이요, 달이 가까운 벗이었다.

달과 관련하여 나의 어린 날의 추억 가운데 선명하게 남아 있는 것의 하나가 달빛 속에 하얗게 떠 오르는 탑이다. 그 청신하고 신비스러운 아름다움은 형언할 수 없었다.

우리 집에서 동으로 1킬로미터쯤 나가면 분황사의 탑이 있었다. 1킬로미터나 되는 거리가 이 어린 소년에게는 가까운 것이 못 되지만 분황사가 있는 숲머리 마을에 친척이 살고 있었다. 그러므로 집안 심부름이나 혹은 친척 아이들을 만나러 가기 위하여 하루가 멀다 하고 분황사를 드나들게 되었다.

친척집에 가면 으레 저녁 대접을 받기 마련이다. 저녁을 먹고 돌아오면 땅거미가 질 무렵이 된다. 분황사 옆을 지날 때는, 주위의 산들이 어둠 속에 가라앉아 버린다. 그 어둑한 산을 배경으로 돋아나는 달빛 속에 솟아오르는 탑신塔身의 아름다움은 어린 눈에도 황홀하였다. 물에서 갓 건져낸 것처럼 맑고 청초했다.

다구나, 만일 늦게 어머니 심부름으로 숲머리 마을로 가게 되면 크고도 둥그런 보름달이 탑 꼭지 위에서 떠 오를 때도 있었다. 내가 달려가는 동안에 달은 서서히 떠올라 탑 꼭지에 덩그렇게 얹혀 있는 것이다. 아름다운 여신女神이 두 손을 치켜들고 과일을 받쳐 든 형상이다.

그것을 바라보며 달빛속에 은빛과 금빛으로 모래가 빛나는 길을 달려가게 되는 것이다. 혹은 달이 구름 속에 숨게 되면 일곱 빛으로 물들인, 안으로 환하게 밝은 그 신비로운 채운彩雲을 이마에 얹고 탑은 깊은 물속에 잠기듯 수상한 푸른빛을 띠는 것이다.

이 분황사 탑에 얽힌 서러운 추억을 나는 간직하고 있다. 그것은 일곱 살 아니면 여덟 살 무렵이라 기억한다. 아버지가 대구에 출장 가셨다가 오시는 길에 고무신을 사 오신 것이다.

당시만 하여도 고무신은 구경도 못 하던 시절이다. 무척 귀했다. 명절날이면 할아버지가 삼아 주시는 꽃신을 신는 것이 고작이었다. 꽃신은 왕골 속으로 단청 물감을 들여 할아버지가 손자를 위하여 재주껏 삼아 주셨다.

신으면 발이 죄는 구속감과 발길이 가뿐해지는 느낌을 주었다(나의 발바닥에 남은 꽃신의 그 특수한 감각에 대한 추억은 할아버지의 애정을 사무치게 하는 것이다). 혹은 가죽신을 신기도 하였다.

물론 나 자신이 가죽신을 신은 기억은 없지만, 밑이 딱딱한 가죽신은 달가닥거릴 뿐, 어린 소년에게는 볼품과는 달리 지극히 불편한 신발이었을 것이다. 그러던 차에 아버지가 고무신을 사 오신 것이다.

팔월 한가위를 한 달이나 앞두고 사 오신 고무신을 선반 위에 모셔 놓고 명절날이 오기만 고대하였다. 드디어 한가윗날이 왔었다.

고무신을 신고 나가자, 동무들이 신기한 신발을 구경하려고 나를 에워쌌다. 그리고 코가 널찍하고 물렁한 신발을 서로 신어 보자고 나를 졸라대었다. 나는 껑충거리며 자랑하였다. 그러나 평생에 처음 신어 보는 자랑스러운 신발을 하루도 못 신었다.

그날 밤이었다. 보름달이 밝았다. 아이들이 마을 앞 신작로에 모여 놀고 있었다. 그러다가, 분황사 탑까지 갔다 되돌아오는 마라톤을 하게 되었다. 나도 참가했다. 하지만 신발이 문제였다.

아무리 고무신이 간편한 신발이라지만 처음 신은 것이라 불편했다. 닳을까 봐 아깝기도 했다. 그래서 망설이다가 달빛이 환한 신작로 한편 가에 나란히 벗어 놓고 뛰었다. 어수룩한 소년이기도 하였지만, 누가 집어 가리라고는 생각도 못 했다. 한길 가에 벗어 놓은 신발이 1킬로미터나 달려갔다 오는 동안에 제자리를 지키고 있을 리가 없었다.

소월의 시에 '달이 암만 밝아도 쳐다볼 줄을 예전엔 미처 몰랐어요'라는 구절이 있다. 소월의 작품은 사춘기의 사모와 동경 속에서 달을 발견하게 되는 서러움을 노래한 것이지만 누구나 달을 쳐다보게 되는 것으로 인생의 한 마디가 자라게 되는 것이다.

무심한 어린 철에는 달이 밝으면 으레 밝은 것으로 무심하게 여기지만, 사춘기에 들어서서 이성에 눈을 뜨게 되고 사람을 사모하게 되자, 비로소 달을 향하여 가없는 동경과 막연한 사모와 설움에 젖은 눈길을 모으게 되는 것이다.

그런 뜻에서 달을 쳐다볼 줄 알게 되는 것은 사랑에 눈을 뜨는 일이며, 또한 설움을 깨닫게 된다는 의미도 된다. 설움을 깨달음으로 인생의 한 마디가 자라나게 되는 것이다.

하지만, 내게는 사춘기적인 사모와 비애는 아니라 하더라도, 또한 사춘기를 맞이하기에는 십 년 가까이 이른 나이에 답을 발견한 것이다.

눈물이 글썽거리는 눈으로 신발을 찾아 헤매는 나의 눈에 비친 달빛은 조금 전의 그것이 아니었다.

지금 생각하면 그것이 비록 한 켤레의 고무신에 불과한 것이지만, 그 당시에는 가장 귀한 것을 잃어버린—그렇다. 바로 잃어버린 것을 찾아 헤매는 원망스럽고 허전하고 안타깝고 서러운 눈에 비치는 달빛은 밝고 푸른 것만이 아니었다.

어딘지 모르게 허전하고, 구석마다 서러움을 간직하고 있었다. 아무리 찾아보아도 있을 리 없는 고무신을 찾기에 지쳐 절망적인 눈을 들어 쳐다본 달—어린 소년의 조그만 이마 위에는 그날 밤 처음으로 허전하게 푸른 달빛의 서러운 손길이 닿게 되었을 것이다.

그 후로도 나는 분황사에 드나들게 되고, 달빛 속에 떠 오르는 탑신은 물에서 갓 건져낸 것처럼 맑고 아름다웠다. 하지만 탑신을 썻어 내리는 달빛에는 형언할 수 없는 설움이 깃들고, 탑의 표정도 전과는 다르게 애수를 머금고 있었다. 참으로 한 켤레의 평생 처음 신어 보는 신기한 신발을 잃어버림으로써 달과 달빛과 깊은 애수에 잠긴 탑의 서러운 모습을 발견하게 된 것이다.

그럴수록 탑은 더욱 아름답고 달빛도 한결 아름다웠다.

'사춘기를 맞이하기에는 십 년 가까이 이른 나이에 달을 발견한' 목월의 생활 환경은 어떠했을까. 그는 아직 전기가 들어오지 않아 석유 등잔불을 켜야 했던 어린 시절을 돌이켜 보면서 감회에 젖고 있다.

내가 자란 경주 지방에 전기가 들어오게 된 것은 내 나이가 7, 8세 될 무렵이었다. 우리 집에서 건너다보이는 봉황대 기슭, 논벌에 전기 회사가 서게 되고, 밤이면 발동기 소리가 요란하게 울리며, 전깃불이 켜지게 된 것이다.

물론 그것은 관청이나 큰 사무소에 켜질 뿐 일반 가정으로는 극소수에 불과했다. 나의 어린 날의 기억 속에는 멀리 무논 바닥에 어리는 비오는 해질 무렵의 불그레한 전깃불의 서러운 정경이 떠오를 뿐이었다.

혹은 어머니에게 꾸중을 듣고 집을 쫓겨난 해 질 무렵에 멀리 눈물 어린 내 눈에까지 뻗쳐 오는 전기불의 서러운 광선만이 생각날 뿐이었다. 그런 탓인지 모르지만, 지금도 초저녁에 켜지는 새록새록한 전깃불은 그지없이 서러운 정서를 자아내게 한다.

어떻든 내가 실제로 전깃불 앞에서 공부를 하게 된 것은 중학교에 입학한 후 기숙사 생활을 시작하면서였다. 눈부시게 밝은 전깃불 앞에 책을 폈을 때의 신선한 인상은 놀랍고도 기가 막혔다. 활자 한 획 한 획이 또렷또렷하게 살아 있는 것 같았다. 하지만, 그것도 며칠 지난 후에는 시들해졌다. 도리어 램프나 호롱불을 그리워하게 되었다.

처음으로 고향을 떠난 소년으로서 나는 유달리 심한 향수병을 앓게 되었고, 그런 심정으로 어둑하면서 아늑하고 따뜻한 램프 불을 그리워하게 된 것이다.

우리 고향집에서는 세 가지 불을 켰다. 머슴들이 거처하는 초당에는 등잔불을 사용했다. 상어 따위의 생선을 사 오게 되면 어른 손바닥 크기만 한 내장이 나온다. 그 희끄무레한 내장을 담아두면 기름이 빠진다. 그 어유魚油를 접시에 담아, 심지를 물리고 불을 켜는 것이다. 냄새가 비릿하고 꺼멓게 그을음이 피는 것이 거슬리기는 하지만 관솔가지에 불을 켜는 것보다 매운 내가 나지 않고 한결 편리했다.

할아버지가 거처하시는 사랑과 안방에는 대체로 호롱불을 사용했다. 사기로 만든 조그만 호롱에 가물거리는 콩알만 한 불꽃—손님이 오시지 않는 한, 할아버지는 램프를 사용하시는 일이 없었다. 그 노인다운 살림의 대단한 규모를 인색하다고만 생각할 수 없었다. 램프를 켜지 못할 만큼 옹색한 것도 아는데 이 철저한 절약은 할아버지의 생활 이념이요, 태도였다.

하지만, 그 가물거리는 호롱불 밑에서도 할아버지는 고담古談을 목청을 돋우어 읽으시기도 하였다. 다만, 그처럼 절약하시는 할아버지도 아들과 손자 방에는 램프를 켜게 하였다. 아들은 개화군이기 때문에 특별히 허락하신 것이요, 손자는 공부를 하기 때문이라는 것이 그 이유였다.

등피鐙皮를 닦고, 석유를 갈아 내는 램프 청소가 나의 일과였다. 겨울밤이나 이른 봄에 램프를 켜면 등피에 푸릇하게 무리가 잡혔다. 그것이 시적詩的인 표현을 한다면 어머니의 따뜻한 숨결 같은 느낌을 주며 마음을 가라앉게 하였다.

나는 이런 램프 밑에서 이마가 따뜻한 것을 느끼도록 밤늦게까지 공부를 하였다. 또한, 이마에 램프의 따뜻한 열을 느끼는 것이 나를 지켜보는 지극히 다정한 분의 손길 같아 더욱 열을 내어 공부를 하였던 것이다.

나는 기숙사 생활이 시작된 후로, 전깃불에 일종의 과학적인 냉혹성 같은 것을 느꼈다. 서늘하게 휘황하기만 한 그 불빛에 정을 붙일 건덕지도 없는 것 같았다. 그럴수록 더욱 고향집의 아늑한 램프 불을 그리워하게 되고, 멀리 계시는 부모님을 그리워하는 심정을 달랠 길이 없었던 것이다. 하지만 그 후로 나의 생활은 줄곧 그 냉혹하게 휘황한 불빛과 함께 계속되었다. 그것도 어언간 40년이 가까워 온다.

손자인 목월에게 호롱불의 등피를 닦게 했던 할아버지는

무척이나 무뚝뚝한 경상도 기질의 노인이었다.

이것은 나의 체험담이다. 우리 할아버지는 말을 붙일 여지가 없도록 퉁명스러웠다. 조부와 손자 사이지만 지나치게 몰인정한 것 같았다. 하지만 이런 일이 있었다.

하루는 내가 갑작스러운 복통으로 심하게 앓게 되었다. 병원은 큰댁에서 15리나 떨어진 읍에 있었다. 집안이 발끈 뒤집혔다. 머슴들이 가마를 준비해 왔을 때는 이미 손자를 업고 할아버지가 떠난 후였다. 뒤따라 빈 가마를 메고 머슴들이 달려갔을 때 할아버지는 5리나 가 계셨다. 물론 정정하시기도 했다. 가마가 들이닥치자, 할아버지는 아무 소리도 않고 아픈 손자를 가마에 태워 주고 부리나케 집으로 돌아가 버리고 말았다.

할아버지는 말을 앞세우지 않으셨다. 아무 소리도 않고 행할 일은 행하고 안 할 일은 안 했다.

또한, 겉바름의 말이라곤 입에 담지도 않았다. 사귈 만한 친구는 사귀고 정을 줄 만한 사람에게는 정을 주었다. 하지만 한 번 쏟아 버린 정은 거두어들이는 일이 없었다.

그 대신 한 번 "고얀 놈!" 하는 소리가 할아버지 입에서 떨어지면, 그것은 무서운 선고가 되어 버렸다. 어떤 사람이 와서 달래고, 타일러도 막무가내였다. 또한, 본인이 아무리 애원에도 한 번 마음속에 치부한 것은 에워 버릴 줄 모르셨다.

이리한 할아버지와 손자의 대화를 그는 다음과 같이 적고 있다.

"힐벤기요?"

"와."

"잘 있었능기요."

"네 할매한테나 가 봐라."

이것이 몇 달 만에 만난 조부와 손자 간의 인사다.

실로 퉁명스럽기 짝이 없다. "안녕하십니까"하고 오랜만에 객지에서 돌아온 손자가 절을 하면 하다못해 "공부 잘했느냐"고. "객지에서 고생했제"^(고생하였지)라고, 한 마디의 자상스러운 말씀이 있을 법도 하다.

하지만 "안녕하셨습니까?" 하는 인사에 보면 알잖느냐는 투다. 혹은 노상에서 할아버지를 만나 "할아버지세요?" 하고 손자와 반가워 아는 체를 하면 "왜?" 하고 반문하는 것은 무엇이냐, 너무하다 싶었다.

구원^{久遠}의 여인상

4남매의 맏이로 태어난 목월은 바로 아래 여동생 난이에 대한
남매의 애틋한 정을 그리고 있다.

난이는 바로 나의 다음 여동생이다. 이미 마흔이 훨씬 넘은—경
상도 어느 시골에 살고 있다. 서로 못 만나게 된 지 5년이 가깝다.
만일 그녀가 여동생이 아니고 남동생이었더라면 이처럼
우리들의 사이가 무심할 리가 없다. 5년이라는 긴 시일을 외국에
라도 가 있지 않은 한 서로 내왕이 잦았을 것이다. 그럼에도
난이와 나는 왜 이처럼 무심하게 지내게 되었을까.

우리 두 남매의 정이 소홀해서가 아니다. 그녀는 유별나게
오빠를 따랐고, 오빠의 일이라면 물불을 가리지 않았다. 나도
나대로 끔찍이 그녀를 생각했었다.

이것이 어린 시절의 우리 남매간이었다. 사실 어릴 때 우리
남매간의 정의는 유별나게 두터웠다.—라고 누구에게나 자랑할
수 있다. 우리가 다닌 초등학교^(당시는 보통 학교이지만)는 집에서

6킬로나 먼 거리에 있었다.

아침마다 어머니가 지어 주시는 새벽밥을 먹고 6킬로를 걸어서 통학을 했다. 나는 5학년, 난이는 1학년. 비가 오거나 날이 추울 때면 방울만 한 그녀는 우리 뒤를 따라오지 못했다. 다리가 아프다고 칭얼거리고 춥다고 울었다.

그러면 책보를 친구에게 맡기고 그녀를 업고 걸었다. 5리(2km)나 십 리를 업고 갔다. 때로는 팔이 유달리 무거워 뒤돌아보면 내 등에 업힌 채 잠이 들었을 때도 있었다.

그러나 그녀를 업고 통학한 보답은 몇 해 후에 고스란히 받게 되었다.

내가 중학에 다닐 때 두 시간 반이나 걸리는 곳을 기차로 통학하게 되었고, 겨울이면 새벽 다섯 시 반에 기차가 출발했다. 그녀는 네 시에 일어나 아침밥을 지어 주었고, 한 번도 기차를 놓치게 한 일이 없었다.

그처럼 두텁던 남매간의 정의가 어떻게 이제는 5년간이나 무심히 지낼 수 있을까. 속절없다면 한없이 속절없는 남매간의 정이다. 그녀는 그녀대로 자기의 길을 가고 나는 나대로 나의 길을 가는 것이다. 그녀는 출가하여 지금 사 형제의 어머니다. 오빠를 찾아 천 리를 떠나기에는 어린 것들을 기르고 살림을 보살피기에 겨를이 없고, 나도 그녀를 찾아 천 리 길을 가기에는 생활이 너무나 분주했다.

그러나, 어린 시절의 그 정의만은 지금도 변함이 없어 그야말로 떠 가는 구름에 보내는 그 형언할 수 없는 향수처럼 난이를 생각할 때마다 아득하고 그리운 생각이 가슴에 솟아나는 것이다.

어느 의미에서 그녀는 오빠인 나보다도 넓은 포용력과 깊이 있는 이해로 나를 감싸 주고 위로해 주고 격려해 주는 경우도 있었다. 또한, 때로는 여성적인 예리한 통찰력으로, 영민한 직감적인 판단으로써 내게는 둘도 없는 충고자요, 나를 가장 깊이 애정으로써 이해하는 지지자이기도 하였다.

그러므로 나는 친구에게도 어머니에게도 고백할 수 없는 고뇌와 인생의 막막한 문제를 그녀와 함께 상의하고 그녀의 도움을 받으며 여동생의 어리고도 따뜻한 가슴에 얼굴을 묻을 수도 있었던 것이다.

"오빠, 이 넥타이 좀 봐."

곧잘 비뚤어진 나의 넥타이를 그녀는 바로잡아 주고, 혹은 웃옷에 묻은 티끌 한 올이라도 대범하게 지나쳐 버리는 일이 없었다. 이것은 결코 남동생에게서는 바랄 수 없는 여동생다운 애정의 표시요. 또한, 애정에 어린 섬세한 행위이기도 하였다.

그녀도 오빠인 나에게 여러 가지 의논을 걸어왔다. 그것은 아버지에게도 어머니에게도 더구나 언니에게(물론 그녀에겐 언니가 없었지만) 의논할 수 없는 문제들이었다. 혼담이 있었을 때 상대를 선택하는 문제 같은 것은 오로지 오빠인 나에게만 의논한 것의 하나였다.

"글쎄……"

흐리멍텅하게 대답하면 그녀는 토라지면서

"오빠는 늘 글쎄 뿐이야. 좀 똑똑하게 대답해 줘요. 대장부답게……"

그녀의 항의였다. 그렇다. 나는 오빠로서 그야말로 대장부답게 대답할 의무가 있는 것이다. 왜냐하면 여동생은 오빠의 '대장부다운 것'에 대한 신뢰를 간직하고 있었으며, 남매가 다정한 사이일 수 있는 이유의 하나로 여동생의 '어머니다운'―섬세하고 모성애적인 것과 오빠로서 '대장부다운' 남성적인 것이 조화를 이루기 때문이다.

둘째는 성격적인 조화도 오누이의 친밀한 관계를 이룩하는 데 크게 작용하게 되는 것이다. 나의 경우만 하더라도 여동생의 안존하고도 다정한 성격이 우리 남매를 더욱 다정하게 만든 것이다.

아무리 내게 오빠로서 횡포할이 만큼 화를 내거나 설레일 때라도 그녀는 항상 나의 감정이 누그러질 때까지 참고 견디었으며, 힘에 겨운 일이라도 나의 분부라면 다소곳이 받아들였던 것이다(이 글을 쓰는 지금에도 어린 그녀의 순하디 순한 눈매와 때로는 놀란 듯한 표정을 담으면서도 동요하지 않던 모습이 머리에 떠오른다. 절로 고개가 수그러지는 것이다).

같은 남매간이지만, 큰오빠와 작은오빠에 대한 누이들의 감정이 다르듯, 큰 여동생과 작은 여동생에 대한 오빠로서의 정도 다른 것이다.

대체로 큰오빠보다는 작은오빠에 대하여 더욱 친밀감을 느낀다. 오빠와 누이 사이의 연령 차기 커질수록 서먹서먹해지기 때문이다. 만일 나와 나의 여동생 사이에 연령적인 차가 심했다면 그처럼 다정할 수 있었을까.

나는 4남매의 맏이다. 장자인 나를 위로 다음이 난이―여동생이요, 그다음이 남동생, 그리고 막내가 여동생이다. 막내 여동생과 나와의 나이 차가 14세나 되었다. 20세가 되어 이미 내가 성년에 이르러서도 그녀는 여섯 살—사뭇 어린 아기였다.

그러므로 그녀에 대한 오빠로서 나의 애정도 다음 여동생인 난이에 대한 것과는 달랐다. 지금은 어린 것을 주렁주렁 거느린 중년 부인이지만, 아직도 막내동생을 대하면, 어린애를 대하는 듯한 애정이 오빠인 내 가슴속에 우러나는 것이다. 사실 나의 머릿속에 남아 있는 그녀의 모습은 언제나 골목에서 뛰놀던 어린아이로서의 모습뿐이다. 그러므로 지금도 막내동생을 만나면 미소가 떠오르곤 한다.

하지만 연령 차가 많은 막내동생에 대한 오빠로서의 애정은 어느 의미에서 애정 중에서도 가장 순수한 면을 지니기도 한다.

그 후로 나는 자식을 기르고 또한 그들에게 아버지로서 나의 애정도 경험하였지만, 아들이나 딸이나 자식에게 베푸는 아버지로서의 사랑은 막내동생에게서 느낀 만큼 무조건 사랑스러운 것이 아니었다. 참된 사람을 만들겠다든가 올바르게 가르쳐야겠다든가 하는 애정어린 '욕심'이 앞서곤 하였다. 하지만 막내동생에게 베푸는 오빠로서의 애정에는 그런 욕심조차 깃들지 않은 그야말로 순수한 것이었다. 그대신 연령적인 면으로 보아 어슷어슷한 큰 여동생과 나 사이에 오고 가던 세세한 정을 막내 여동생에게서 경험할 수는 없었던 것이다.

아무리 세월이 흘러도 변하지 않는 것이 형제간의 정이라고 위에서 말했다. 그러나 얼굴조차 대면하지 못한 채 그녀들^(여동생들)은 그녀대로 성姓 받이를 달리한 집안으로 시집을 가서 제 갈 길을 가며 서로가 생활에 골몰하다 보니 어릴 적의 오밀조밀하던 정도 이제는 아득한 하늘로 떠가는 한조각 구름처럼 속절없다. 역시 그녀는 어느 길목에서 헤어져야 할 운명을 지니고 태어난 나의 형제였던 것이다. 사람의 하염없고, 속절없는 인연의 무상을 우리 남매는 막연한 대로 그것을 느끼고 그럴수록 더욱 다정하게 지냈던 것일까.

　남매의 정이 남달리 두터웠던 목월은 일찍 사랑에 눈떴다.
　그의 첫사랑은 어디까지나 청순한 플라토닉 러브였다. 그는 첫사랑의 소녀의 이름을 밝히기를 거부한 채 그 소녀를 정감 어리게 돌이켜 보고 있다. 40년이 지나서 돌이켜 보는 그 소녀의 모습을 목월은 이렇게 그리고 있다.

　그녀를 만났다.
　동물원 같았다. 사람들이 웅성거리고 있었다. 그녀가 나타났다. 흰 저고리에 깜장 치마를 입고 있었다. 그것이 숙성한 처녀 같은 인상을 주었다. 웃고 있었다. 갸름한 얼굴에 잇몸이 드러나는 그녀의 독특한 웃음이었다.
　"목마 탈래."
　그들 옆에 회전목마가 돌고 있었다. 손을 꼭 잡고 목마를 탔다. 어찔어찔 돌아가는 목마를 타면서 그녀는 무엇이라 말을 건넸으나 알아들을 수가 없었다.
　"……."
　그녀의 음성이 바람에 날려 귓가를 스쳐 갈 뿐 내용을 알아차릴 수 없었다.

"뭐?"

회전목마가 멎었다.

꿈이었다. 어처구니없는 꿈이었다. 그녀는 40년 전—초등
학교 시절에 사귄 그의 이웃에 사는 소녀요, 30년 전에 세상을
떠난 날이다. 그녀는 40년 동안 어디에 숨어 있다가 지금 불쑥
꿈에서나마 반백이 된 그를 방문하는 것일까. 아무리 꿈이
허망한, 그야말로 꿈에 불과한 것이라 하더라도 너무나 엉뚱한
방문이었다. 더구나 그녀와 사귀던 사십 년 전이라면 회전목마는
그림에서도 구경 못 하던 시절이다.

다만 그녀와는 그의 먼 친척집에 함께 놀러가서 그네를 탄 일이
있었다. 친척집 뒷뜰에는 큰 연못이 있었다. 창포꽃이 한창이었다.
그 뜰에 높은 포구나무. 그녀는 그녀를 탔다. 출렁거리는 나뭇
가지 사이로 너울거리는 그녀의 모습. 무척 인상적이었다. 그
잊혀지지 않는 추억의 장면이 꿈에서는 희한하게도 회전목마로
둔갑한 것이다.

그는 잠을 깨고도 한참동안 어리둥절했다. 꿈속으로 찾아온
불의의 방문객 때문에 잠을 설치고 말았다. 돌이켜 보면 사십
년이란 세월이 너무나 아득하고 흘러간 생애가 그야말로 또 한
장면의 꿈만 같았다.

또한, 그녀에 대한 형언할 수 없는 사모감이랄까—그리움의
정이 가슴에 젖어오는 것이다. 만일 그녀가 지금도 생존해
있다면—아쉬움이 가슴에 북받쳐 올랐다.

그녀는 첫사랑의 소녀였다.— 이런 이야기를 얼굴도 붉히지
않고 공개할 수 있는 지금의 그 자신이 측은한 생각조차 들었다.
늙은 것이다.

성은 김씨, 이름이 M으로 시작되었다.
그녀를 사귀게 된 것은 초등학교 2학년—그의 이웃에 살았다.
담 하나를 사이에 두고 그녀의 집이었다. 그리고 그녀와 헤어지게
된 것은 4학년 불과 2년 남짓 사귄 셈이다. 하지만 그는 소년기를
온통 받쳐 그녀를 사모하였다. 그가 처음으로 편지를 써 본 것도
그녀를 위해서다. 엽서에 굵직한 연필로 쓴 사랑의 편지—그리고
보니, 그는 사랑의 사연을 적은 것으로 문장에 눈을 뜨고, 내쳐
그것이 평생 정서에 젖은 글을 쓰게 된 계기가 되었다.
물론 그녀도 그를 좋아했다. 꼬박꼬박 답이 왔다. 때로는 엽서
가 두 장씩 겹쳐 날아오는 일도 있었다. 왜 엽서만 사용했을까.
모를 일이다. 봉투에 담을 만큼 사연이 비밀을 간직한 것이 아니기
때문일까.
사실 어린 그들의 편지는 그녀의 부모나 그의 부모나 정다운
친구끼리의 소식 정도로 단순하게 생각했을 것이다. 그러나
그것은 어림없는 생각이다. 그들은 이미 다소곳이 서로의 사랑을
맹세하고, 시집가고 장가 갈 일을 다짐한 사이임을 부모들은
상상조차 못 하였을 것이다. 그는 중학교에 입학했다. 그러자
그녀에게서 서신이 끊어졌다.
그러나 별로 안타까워하지는 않았다. 그녀를 믿었던 것이다.
그해 여름에 그는 어머니를 따라 그녀의 집을 방문했다.

대청에 곱게 발이 쳐 있었다.

화채를 유리그릇에 받쳐 들고 나타나는 그녀는 깜짝 놀랄
만큼 아름다워 보였다. 숙성했었다. 자기 어머니 등 뒤에 얼굴을
감추고 연방 웃음을 보내던 그녀의 모습—40년이 지난 후 꿈에
나타난 그 얼굴이다. 그의 생애에 가장 빛나는 광명 속에 환하게
불 밝혀진 한 장면이다.

그는 어처구니없게도 그녀와 결혼하게 되리라는 것을 확신했
고, 또한 그것이 운명이라 믿었다. 실로 그는 초등학교 6학년
때, 1년 동안 앞산에 올라가 새벽 기도를 드렸다(그 당시 그는
세례를 받았다. 유아 세례도 아니고, 어떻게 해서 15세도 안 된
그에게 목사님이 세례를 주었을까. 세례 교인이라곤 한두 명밖에
없는 개척 교회에서는 어린 대로 그를 독실한 신자로서 특별
대우를 하였을까).

그러나, 새벽 기도하다 하나님께 갈구하는 중요한 요지는
그녀와 행복되게 살게 해 달라는 것이었다. 하지만 겨울 방학,
고향으로 돌아오자, 어머니가 등을 쓰다듬어 주시며

“……가 결혼했다.”

고 일러 주었다. 그녀는 겨우 열다섯! 그도 열다섯이었다. 새벽
마다 기도를 드리러 올라가던 앞산으로 올라갔다. 그녀와의
행복을 하나님께 갈구하던 그 산에 올라간 것이다. 눈이 쌓여
있었다. 눈 위에 무릎을 꿇고 기도를 드리려다가 통곡이 터져
나왔다.

그녀의 집은 읍에서도 노포老鋪에 속하는 지물상을 경영하고
있었다. 남문 밖인가, 회나무 거리인가—에서 할아버지 때부터

경영하는 지물포를 이어서 그녀의 아버지가 경영하고 있었다. 키가 후리후리하게 큰 어질디 어진 분이었다.

살림은 읍에서 상류에 속했다. 그러나 그때만 하더라도 겨우 사설 전기회사가 설치되어 반딧불 같은 전등이 몇 군데 가설된 시절이었다. 논 가운데 조그만 정미소 만한 바라크를 세워둔 것이 전기회사요, 그것을 구경하려고 촌에서 일부러 구경꾼이 모여들곤 하였다.

그런 시절이라 딸을 상급학교에 공부시키려고 객지로 보내는 것은 엄두도 없는 일이었다. 열다섯 여섯이면 그 당시에는 결혼 연령으로서 과히 이른 편이 아니었다.

시집간 후로 그녀를 만나지 못했다. 행복하게 산다는 소문은 들었다.

하지만 밤마다 잠자리에 들기 전에 그는 소년적인 순정으로 그녀의 행복을 비는 것을 잊지 않았고, 그녀에 대한 그리움의 정도 여전하였다. 그녀의 결혼이 실감으로써 그에게 오지 않은 탓일까. 호젓한 하숙방에서 밤늦게까지 공부를 하다가 잠자리에 들려고 불을 끄려는 찰나 문득, 그녀의 모습이 환하게 떠오르곤 하였다.

아름다운 소년 시절의 꿈이요. 사랑이다.

중학을 졸업하자, 금융 계통에 취직을 하였다. 그리고 K읍에 있는 지점에 근무하게 되었다. 그가 K읍을 지망한 것이다.

고향이 가까운 탓도 있었지만, 그녀와의 추억을 잊을 수 없는 것이 직접적인 이유였다.

K읍에 부임하자, 이미 그녀는 남편과 사별하고 친정에 와

있음을 알았다. 그녀에 대한 새로운 동경이 끓어올랐다. 풀이
우거진 무수한 오솔길을 근무가 파하면 하염없이 방황했다.

그리고 떠 가는 구름에 그녀의 눈길과, 나부끼는 바람결에
그녀의 숨결을 느꼈다. 사모가 하늘에 닿는다—는 말이 있지만,
실제 그 당시 그는 K읍의 모든 풍경과 기후의 변화에서 그녀를
느꼈다.—그의 나이 겨우 스물.

K읍에 부임한 몇 달 후에 거리에서 우연히 그녀와 상면하게
되었다.

여름이었다. 긴 오후의 희멀건 그늘이 가까스로 어두워지고
땅거미가 질 무렵, 길거리에서 이리로 걸어오는 그녀를 발견한
것이다. 어둠 속에서도 그녀의 모습을 선명하게 분별할 수
있었다. 그녀도 알아차리자, 화석처럼 우뚝 서버렸다. 넋을 잃은
사람처럼 그를 처다보기만 했다. 뻣뻣하게 굳어 버린 그녀의
모습—그도 심장이 얼어붙듯 하였다.

정신을 가다듬어 말을 걸려는데, 갑자기 치마폭으로 얼굴을
감싸듯 그녀는 옆 골목으로 줄달음쳐 달아났다. 황급하게
뒤쫓으며 소리쳐도 그녀는 멈추지 않았다.

그리고 누구의 집인지는 모르지만, 어느 대문 안으로 자취를
감춰 버렸다. 마지막이었다. 이 세상에서 그녀를 만나게 된
마지막임을 그때만 하여도 짐작 못 했었다.

그녀 아닌 지금의 아내와 결혼한 것은 그리고, 3년 후 결혼
때는 이름도 적히지 않은 선물이 부쳐 왔다. 그 이듬해, 그녀도
재혼했다는 소문을 들었다. 아들을 낳았다는 말을 들은 것은
K읍을 떠난 후의 일이었다. 그리고 이내 세상을 떠났다는 소문을

들었다.

K읍에서 동으로 20여 리 어느 양지바른 산기슭에 무덤이 있다는 것을 늙은 어머니를 통해 알게 되었다.

슬픔의 씨를 뿌려놓고 가버린 가시내는 영영 오지를 않고……
한 해 한 해가 저물어 질閨 고운 나무에는 가늘은 핏빛 연륜이
감기었네.
(가시내사 가시내사……)

목이 가는 소년은 늘 말이 없이 새까만 눈만 초롱초롱 크고
…… 귀에 쟁쟁쟁 울리듯 차마 못 잊는 웃녘 사투리 연륜은 더욱
새빨개졌네.
(가사내사 가사내사 가사내사)

이제 소년은 자랐네.
구비구비 흐르는 은하수에 슬픔도 세월도 흘렀건만……수풀
질 고운 나무에는 상기 가늘은 핏빛 연륜이 감기네.
(기시내사 가사내사 가사내사)

『문장文章』지에 추천을 받은 그의 처녀작의 하나. 「가버린 가시
내」는 그녀다.

이 작품을 쓰면서 그는 '어머니 등 뒤에서 환하게 웃던 그녀'의
모습을 그려 보며 눈시울을 적시곤 하였다. 목이 가는 소년은
지금 머리에 허옇게 눈이 덮인 채 이 글을 쓰고 있는 것이다.

이 글을 읽는 독자는 석연찮은 생각을 할 수도 있을 것이다. 그처럼 사모하면서 K읍에서 은행 계통에 근무하는 동안 그녀를 방문하거나 구혼하지 않은 까닭이 무엇일까, 의아스럽게 느껴질 수도 있기 때문이다.

이것은 평생을 두고, 그가 뉘우치며 안타깝게 생각하는 일이기도 하다. 왜 그녀와 결혼하지 않았을까. 하지만 이것은 그로서 감히 엄두도 못 낼 일이었다.

'오가며 그 집 앞을 지나노라면……'이라는 노래의 작사자는 노산 이은상 선생이다. 그녀를 방문하지 못한 것은 '나도 몰래 수줍어 말을 멈추는' 그 순정 때문이었다.

그렇다.

그녀의 현실적인 인연을 맺을 수 있는 충분한 기회를 가졌음에도 그것을 놓쳐 버리게 된 것은 그의 미련하도록 순수한 인간성 때문이었다.

노산의 노래처럼 오가며 그 집 앞을 지나노라면—그녀가 사는 골목 안에 들어서기만 하여도 사방에서 그녀의 모습이 육박해 오고, 그녀의 향기가 진동하였다. 지금 '그녀의 향기'라고 표현한 이것이야말로 가장 순수한 감정 상태에서만 체험할 수 있는 천지에 서려 있는 사모하는 사람의 향기다.

그것은 체취와 다르다. 그는 어릴 때 사귄 그녀에 대하여 채취라는 것을 느낀 일이 없었다. 체취를 알 만큼 성숙한 사랑이 아니기 때문이다. 그럼에도 천지에 서려 있던 그녀의 향기—그것은 표현할 길이 없다.

그 후로 30대에 다시 그와 유사한 향기를 느끼게 되는 경험을 되풀이한 일이 있지만, 그녀를 방문하기는커녕 그 집 앞을 얼씬하지도 못하였던 것이다. 바보 같은 순정이었다.

물로 이것은 그의 안쓰러운 성격의 탓도 있지만, 그것으로만 설명할 수 없을 것이다. 사람은 그 순수하고 지고至高한 상태에서는 모든 욕망을 연소시켜 버리는 것이다. 바람결에도 구름결에도 한 오리 빛에서도 그녀를 발견하고 그녀를 느끼는 그로서는 이미 그녀 안에 살고 있었던 것이다.

그러므로 천지에 충만한 그녀 안에 살면서 무엇을 더 바랄 것인가. 사모하는 그것으로 충만하였다. 더구나 그것이 육신적인 매력을 자각하지 못할 때 소년적인 순정으로서만 맺어진 것이라면 서로 소유하거나 결합하려는 욕망도 충동도 없는 절대의 사랑이었던 것이다.

비록 어릴 때 그녀와 결혼하는 것이 그의 운명처럼 믿었다지만 그에게 있어서 결혼이란 육신의 결합을 의미하는 현실적인 것이 아니었다. 막연하게 그녀와의 영혼과 영혼의 연결을 믿었다는 뜻에 불과한 것이었다.

이것은 앙드레 지이드의 소설에 나오는 알리사적인 결백성과도 다르다.

일시적인 결백성은 의식적인 것이지만, 그가 경험한 것은 몰아적沒我的, 도취적, 무의식적인 것이며, 다만 그녀를 사랑하는 그것으로 충만하고, 그녀의 존재는 달이나 구름처럼 아득한 사모 속에서만 존재하는 성스러운 것에 불과했다.

이런 상태는 그가 결혼한 후에도 계속되었다. 비록 퇴색되기는 하였지만, 지금도 그에게 계속되는 것이다.

만일 그 당시에 그녀의 접근할 수 있는 현실적인 계기가 마련되었더라면 그의 사랑은 좀 더 구체화되고 그녀와의 관계도 현실적인 것이 되었을 것이다.

지금의 그가 안타까워하는 것이 바로 그 점이다. 하지만 그렇다 하더라도 과연 그녀와 결혼하였다면 사십 년이 지난 지금에도 그의 가슴에 서려 있는 애틋하고도 서러운 동경과 사모가 그대로 지속될 수 있었을까 심히 의심스러운 일이다. 그렇다면 그녀와의 결합이 이루어지지 않는 것도 축복이라면 축복일 수 있을 것이다. 참으로 지나간 일은 지나긴 일로써 꿈과 같은 것이다.

꿈처럼 속절없고 꿈처럼 허무하다. 다만 잊혀지지 않는 것만이 우리의 가슴에 살아 있을 뿐이다.

그녀는 영원한 그의 사랑 속에 살아 있는 사람이다.

그에게는 잊혀지지 않는 또 하나의 후일담이 있다.

6·25 사변 때의 일이었다. 그녀가 세상을 떠난 지 십여 년의 세월이 흘러간 당시 그는 전세가 위급한 고비에 이르렀을 때 K읍으로 종군을 하였다.

1950년 8월 하순에서 9월 상순경이었다. 적은 K읍에서 북쪽으로 불과 20킬로 상거한 A지방까지 밀고 내려왔었다. 생사를 기약할 수 없는 절박한 시기에 그는 이 세상에서 마지막 이별의 고별을 보내려는 비감한 마음으로 K읍을 찾아가게 되었다. 그곳에서 하루를 유했다.

그날은 날이 청명하였다.

여관에 여장을 풀자 어릴 때 자라던 골목을 찾아 나섰다. 큰길에서 옆 골목을 빠져 눈에 익은 길로 들어섰다. 꿈에서 더듬던 골목이었다. 그는 천천히 걸음을 옮기며 되도록 많은 것을 기억 속에서 더듬어 내려고 애를 썼다.

그러나 그럴 필요도 없었다. 십여 년의 세월이 지났음에도 골목길에 뒹구는 돌 한 개까지도 옛날을 속삭여 주는 것 같았다.

생생하게 살아오는 M의 모습.

문득 길에 우뚝 서버렸다.

그녀의 집을 지나쳐 놓고, 정면으로 그 집을 바라보지 못하고 고개를 돌려 외면해 버린 그 자신을 발견한 것이었다. 십여 년의 세월이 흘렀고, 그의 나이가 삼십이 훨씬 지난 장년임에도 어릴 때 사랑하던 사람의 집을 정면으로 바라볼 수 없는 '철없는 순정'이 그의 가슴에 서려 있음을 깨달았다.

자신이 눈물겨웠다.

유일한 혈육인 그녀의 아들이 고등학생으로서 용약 출전하여 A지방의 전투에서 학생모를 쓴 채 군번도 없이 산화한 사실을 그가 알게 된 것은 휴전이 이룩된 무렵이었다.

그녀에 대한 이야기는 어느 기회에 좀 더 깊이 쓰려고 벼르고 있다.

다만, 그 후로 그가 깊이 사귄 모든 여인의 어느 일면이 그녀와 닮은 사실을 고백하지 않을 수 없다. 눈이라든가 웃는 모습이라든가 얼굴 생김새라든가―그녀는 그에게 여성에 대한 원형적인 바탕이 되었으며, 그녀의 모습을 통해서만 여인을 느끼고 발견할 수 있었던 것이다.

가엾이 오묘한 사람의 인연과 속절없음을 이 글을 쓰면서 다시 한 번 마음속에 새겨보는 것이다.

일찍 사랑에 눈뜬 목월은 문학에도 일찍 눈을 떴다.

대구 계성중학교 2학년 재학 중 1933년 17세의 나이로 동시 「통딱딱·통딱딱」을 『어린이』에, 「제비맞이」를 『신가정 新家庭』에 발표하였다. 어린 나이에 목월은 영종이라는 본명으로 동요 작가로서의 자리를 굳혔던 것이다.

그가 동요 작가로서 데뷔할 때 관계한 윤 석중의 이야기를 들어보자.

박목월과 박영종은 같은 사람이건만, 나에게는 각기 다른 사람으로 생각이 들었다. 목월을 만나면 영종의 안부를 물으려고 들었으니까……

내가 영종을 안 것은 1932년으로 그해 섣달부터 어린이 종교 잡지 『아이생활』에서 독자 작품을 고를 때, 함경도 홍원이 고향인 강용률(소천)과 경상도 건천이 고향인 그가 한 묶음씩 동요 를 지어 보내왔지만, 그닥 눈에 띠는 작품이 없었다.

1932년에 소파가 남기고 간 잡지 『어린이』를 개벽사에 들어가서 내 손으로 꾸며 내면서, 영종이 보내 온 「통딱딱·통딱딱」이라는 동요를 잡지 첫머리에 4호 활자로 두 면에 걸쳐 대문짝만하게 내주면서 편지로 사귀게 되었다.

내 나이 스물두 살 때였으니, 다섯 살 터울이니까 그는 열일곱 살이었을 것이다. 뜻하지 않은 후대를 받은 영종은 동요 창작에 몰두하였고, 짓는 족족 나에게 부쳐 왔으며, 연달아 잡지에 나게 되었다.

그러다가 『어린이』 잡지가 국어(日語) 상용정책에 걸려 다달이

부수가 줄어들어서 1년 만에 손을 들게 되니, 나는 조선중앙일보사 학예부(사장 여운형)로 자리를 옮겨서 가정란에 '우리판'을 새로 차리고『소년중앙』이라는 아동 잡지들 따로 내게 되었다.

하루는 키가 호리호리하고 눈이 말똥말똥한 시골 소년이 신문사로 찾아왔는데, 그가 바로 동요 작가 박영종이었다. 서울에서 열리고 있는 체육대회에 농구 선수로 뽑혀 올라왔다는 것이다.

『소년중앙』이 경영난으로 없어진 뒤 다시 조선일보사 출판부(주간 이은상)로 자리를 옮겨『소년』잡지를 시작하면서 소년조선일보를 일주일에 한 번씩 조선일보 부록으로 냈을 때, 영종의 동요를 정현운 화백의 동화童畵를 곁들여 호마다 내다시피 했다. 또박또박 부쳐 준 원고료가 그에게는 무척이나 대견스러워서 두고두고 고마워했다.

내가 사회생활 십 년 만에 처자를 거느리고 다시 배움의 길에 올라 일본 도쿄에서 대학에 다니고 있는 것이 부러웠던지, 1940년 봄에 빈손으로 불쑥 일본에 나타났는데, 그곳에서 자비 출판한 나의 네 번째 동요집『어깨동무』에 글 한 편을 써 주고는 고향에 좀 다녀오겠노라고 하면서 훌쩍 떠나버렸다.

가을 학기에 다시 오면 묵겠다고 해서 우리 식구가 전세 든 집 이층방을 비워 놓은 채 아무리 기다려도 감감 소식이었다. 학비 마련이 안 된 모양이었다.

들으니, 그 무렵에 그는 박목월이란 필명으로『문장』지에 정지용 추천으로 시가 발표되었는데, 그때 도쿄에 유학와 있던 친구에게는 그 사실을 알리면서 나에게는 말하지 말라고 하더란다.

동요를 쓰다가 갑자기 시를 쓴다는 것이 계면쩍었던 모양이다. 그토록 그는 순진했고 선배를 어려워했다.

내가 벼르고 별러서 방학에 서울 다니러 가는 길에 경주에서 이십 리 떨어진 건천 그의 집에서 하룻밤 묵은 적이 있는데, 우리는 밤을 새워가며 동요 타령을 했다.

내가 새로 지은 작품들을 줄줄 외어 들려주다가 갑자기 심란한 생각이 들어서,

"발표할 데도 없고 불러 줄 아이도 없는 노래를 자꾸 지어서는 무얼하누……"

했더니, 그는 정색을 하면서 땅을 파고 묻어두면 되지 않겠느냐는 것이었다.

섣불리 전쟁을 터뜨린 일본이 잔뜩 독이 올라 있을 그 무렵 등화관제를 해서 어두컴컴한 경주역에서 밤차를 기다리며 주고받은 우리들의 이야기는 역시 이 동요가 어떻고 저 동요가 어떻고였다. 누가 엿들었다면 몽류병 환자로 몰았을 것이다. 그때도 그는 시 쓴다는 말을 통 입밖에 내지 않았다.

염치없이 맨손으로 해방을 맞은 뒤, 두루마기를 입고 나타난 그와 다시 만난 것은 해방 이듬해 봄, '아협'에서 『주간 소학생』을 내고 있을 때였다.

그는 이 한국 최초의 주간 잡지 지형을 빌어다가 대구 일대에 박아 펴내기도 했다. 일제 때 내 손을 거쳐 발표되었던 그의 동요를 모아 '아협'에서 『초록별』이란 동요집을 낸 것도 그때의 일로, 짓는대로 땅을 파고 묻어두자는 그의 눈물겨운 제안이 뜻밖에

빨리 햇빛을 보게 된 것이었다.

　동요 작가로서 만족할 수 없었던 목월은 20대에 접어들자 마침내 성인 시를 써 정지용의 추천으로『문장』을 통해 데뷔하였다.

　성인 시를 쓰던 20대는 그로서는 행복한 나날이라기보다는 고뇌에 찬 방황의 계절이었다.

　목월은 20대의 외로웠던 시절을 다음과 같이 술회하고 있다.

달빛 속의 청노루

천애의 유배지

나는 이십 대의 태반을 경주에서 보냈다. 친구도, 여인도, 다방도 없는 경주에서 인생의 개화기를 맞이한 것이다. 그러나 그것은 지금 같은 시대에는 상상조차 할 수 없을이 만큼 삭막한 불모지대였다. 어머니와 누이동생 외에는 여자라곤 없는 '천애天涯의 유배지' 같은 그런 느낌이었다.

고목이 우거진 고분 옆에 있는 초라한 하숙집에서 낮이면 직장에 나가 주판알을 튕기고 밤에는 시를 썼다. 고독했다.

혼자서 밤을 새우며 막연한 동경과 갈증으로 걷잡을 수 없는 고독감을 시로 읊은 것이다.

술을 배운 것도 그 당시다. 직장이 파하면 거리를 배회하고 술을 마셨다. 술을 마실수록 정신은 영롱하고 고독과 감정의 동굴은 깊어졌다. 그럴수록 주량이 늘었다. 밤새 술을 마신 새벽에 안개 속에 부푸는 가로등의 유정有情함을 알게 된 것도 그 시절이다.

안개가 피어오르는 새벽에 한 아름씩 부푼 거리의 등불은 황홀하게 슬픈 정경이었다. 그 전신주에 기대어 서면 항구를 느끼게 하였다. 죽음의 배가 떠나는 항구의 요란한 동라銅鑼 소리를 나는 환청으로 듣곤 했다.

그 무렵 소설가 김동리를 사귀게 되었다. 그도 문학청년 시절이었다. 다음 세대는 틀림없이 우리가 한국 문단의 주인이 된다고 동리는 몇 번이나 장담했다.

—3년, 앞으로 3년만 참아.

이것이 동리의 신념이었다. 3년만 참으면 한국 문단은 우리의 손에 들어온다는 뜻이다(지금 어느 의미에서는 한국 문단의 주인이라고도 할 수 있는 동리의 감회를 듣고 싶다).

그러나 문학에 대한 굳은 신념과 자신을 가진 그였지만, 고독하기는 나와 다를 바가 없다.

구강산 칡넝쿨은
청석 바위에 다 감기네
누가 이내 몸 생각하노?

이런 시를 읊으며, 들길을 외롭게 걸어가는 키가 짧달막한 청년—그가 김동리였다.

집집마다 앞마당에 석류꽃이 벙글어지듯 미의 화신들은 찬물이 도는 새까만 눈동자를 깜박이며 천하에 가득했지만, 인연의 칡넝쿨은 우리에게 뻗어 오지 않았던 것이다.

동리와 어울려 소주만 마셨다.

동리의 중형仲兄이 경영하는 가게의 구석진 방안에서 소주잔을 홀짝홀짝 마시던 동리의 모습은 지금도 눈에 선하다. 문학하는 유일한 친구인 동리와 오래 사귈 수가 없었다. 그는 서울로 해인사로 떠돌아다니다가 다솔사多率寺로 간 후 영영 소식조차 끊어져 버렸던 것이다.

경주에는 나만 남게 되었다.

안타까운
마음은
은은히 흔들리는
강나룻배
누구를 사모하는
까닭도 없이
문득 흔들리는
강나룻배

이런 심정이었다. 누구를 사모하는 까닭도 없이 은은히 흔들리는 강나룻배처럼 나는 하루도 감정이 잠잘 날이 없었다. 해일海溢하는 청춘의 꿈과 동경으로 출렁이는 감정의 설레임 속에서 나만 경주에 남게 된 것이다.

처절하게 외로웠다.

이 고독을 달랠 수 있는 길은 시를 쓰는 일. 시를 읊으며 처량한 고독의 달밤을, 수정水晶 남산南山의 그늘이 잠긴 골짜기를, 이슬이 자욱한 야심한 반월성을, 풀이 우거진 왕릉의 오솔길을 배회하는 것뿐이었다.

그런 어느 해 오월이었다.

저녁을 먹고 거리를 거닐다가 형언할 수 없는 감정이 가슴에 차오르는 것을 느끼게 된 것이다.

5월의 섬세하게 풀리는 구름 한 오리 한 오리처럼 나의 가슴에 뭉크러진 고독의 덩어리가 풀려 온 우주에 충만해지는 '고독한 충만감'—나는 지금도 그것을 적당하게 설명할 수 없다. 고독한 자만이 고독으로 충만해지는 황홀감을 짐작할 수 있을 것이다.

문득 '달빛에 목선木船 가듯'—이라는 싯귀가 입술에 떠 오르게 된 것이다.

달빛만이 출렁거리는 망망대해에 끝없이 떠 가는 목선 한 척. 그 작은 점 하나. 그 고독한 존재. 고독의 경건한 세계를 깨닫게 된 것이다. 이 신비로운 체험은 오래오래 가슴에 남았다. 고독이 가슴의 구석구석을 채워 공허와 갈증을 몰아낸 것이다.

달빛에 목선 가듯이라는 싯귀를 십 년 가까이 간직하고 있다가 30대 초기에 이르러 「산색山色」이라는 작품을 빚게 되었다. 한 싯귀를 가슴 속에 묻어두고 십 년 동안이나 그 감정의 성장을 지켜본 작품은 「산색」이 처음이었다.

—어떻든 그해 7월에 「길처럼」이라는 작품을 썼다.

머언 산 구비구비 돌아갔기로
산구비마다 구비마다
……슬픔은 일어
뵈일 듯 말 듯한 산 길

산울림 멀리 울려 나가다
산울림 홀로 돌아 나가다
……어쩐지 울음이 솟고
생각처럼 그리움처럼

길은 실낱같다

뵈일 듯 말 듯한 청춘의 오솔길을 나는 뚜렷하게 사모하는
사람도 없이 어쩐지 어쩐지 울음이 솟는 심정으로 맞고 보낸
것이다.

이 작품이 『문장文章』지에 추천을 받아 말하자면, 시단詩壇에
데뷔하게 되었다. 그리고 그해 8월에 나는 내 생애에 가장 극적인
동해안 방랑의 길을 떠나게 된 것이다.

바이올린을 전공하는 한군과 함께 포항에서 삼척까지 해안
선을 따라 도보로 걸어갔다.

종일 바닷바람에 머리를 바래며 맨발로 모래를 밟으며, 끝없는
해안선을 따라 걸어가는 동안에 나는 가슴에 누적된 습기 찬
청춘의 고독과 형언할 수 없는 울분을 풀고 절로 솟는 눈물을
마르게 하였다.

가다가 지치면 모래 위에 담요 하나를 덮고 잤다. 누워서
바라보는 천체의 황홀한 신비, 바다 위에 나직하게(그야말로 나직
하게) 펼쳐진 성숙星宿의 깊고 유원한 세계, 그 또렷또렷한 은빛
별떨기들은 하나하나 나에게 영원을 속삭여 주는 것 같았다.

잠결에 듣는 깊은 파도 소리—그것은 끝없이 큰 날개를 펴고

아득한 저편에서 부서지면서 몰려와 그 절정에서 한 박자의 호흡을 가다듬어 아득한 저편으로 날개를 접고 부서지면서 멀어져 가는 이와 같은 반복이 끝없이 되풀이되었다.

천체의 신비를 나직하게 안은 밤바다의 출렁거림에 비하면은 '누구를 사모하는 까닭도 없이 문득 흔들리는 강나룻배' 따위의 눈물겨운 정서쯤은 실오라기 하나만도 못 되는 슬픔이요, 안타까움 같은 것이라 생각되었다.

여행은 이십여 일에 끝나 버렸다. 노자도 떨어지고 날씨도 불순했기 때문이다. 그러나 이 여행에서 체험한 밤바다의 장엄하고 유구한 가락은 날이 갈수록 나의 가슴 속에 깊이 파고들었다.

겨우 나는 나대로의 안정을 얻게 된 것이다.

이십 대 초기의 불안과 공허와 갈증의 숨 막히는 설레임에서 벗어나게 된 것이다.

강나루 건너서
밀밭 길을

구름에 달 가듯
가는 나그네

길은 외줄기
남도 삼백 리

술 익는 마을마다

타는 저녁놀

구름에 달 가듯
가는 나그네

「나그네」의 전편이다.

나의 이십 대 후반은 세계 제2차 대전이 절정에 달할 무렵이다. 전 인류의 불안과 살육과 절망의 도가니 속에서, 우리 겨레의 가장 깊은 속에서, 나의 청춘은 만개기滿開期를 거쳐 이울어질 징조를 보이게 된 것이다. 내가 사모하던 임(넴)이라는 말의 뜻도 인연이라는 말의 의미도 달라지게 되었다.

생명에의 불안과 암담한 운명과 현실 앞에서 사람을 사랑한다는 의미가 달라져 버렸기 때문이다. 보장 없는 내일에의 불안으로 오늘은 그대로 기적의 연속이요, 등을 기댈 수 있는 것은 피붙이의 따뜻한 한 가닥의 핏줄뿐이었다.

이 절박한 현실 속에서 '어쩐지 어쩐지 울음이 솟는' 나의 눈물은 말라버렸지만 임과 하늘을 갈망하는 나의 염원은 한결같았다.

내사 애달픈 꿈 꾸는 사람
내사 어리석은 꿈 꾸는 사람

밤마다 홀로
눈물로 가는 바위가 있기로

긴 밤을
눈물로 가는 바위가

어느 날에사
어둡고 아득한 바위에
절로 님과 하늘이 비치리오.

공출미供出米를 계산하고 전표 뒷장에 쓴 「임」이라는 작품이다.
아득한 바위에 절로 비치게 될 님과 하늘—그것은 찬물이 도는
까만 눈동자를 가진 임이 아니다. 암흑 속에서 솟아나는 광명,
불안 속에서 살아나는 절망 속에서 희구하는 구원의 하늘이요,
임이다.

나는 이 막다른 골목에서 남도적南道的 향토적 세계에 침잠沈潛
하게 되고, 강나루 건너서의 밀밭길이나 봄마다 흐느끼며 노랗게
피는 산수유꽃을 노래하였다.

다시 말하면은 구름에 달 가듯 가는 과객으로서의 체념과
달관을 바탕에 깔고 그 위에 뻗치게 된 남도 3백 리가 20대 후반에
내가 걸어온 길이었던 것이다.

그즈음 나는 강나루 건너 밀밭길, 술 익는 강마을, 짙은 외줄기
남도 3백 리 등의 향토적 한국적인 세계를 묵화적 墨畵的 고담한
필치로 표현하려고 노력했다. 묵화에서 점 하나를 소중히 하듯
말 하나를 아꼈다.

그런 의도 밑에서 이 「나그네」는 우리 고장에 봄가을이면 드나
드는 과객이거나 혹은 우리들의 조상 때부터 맥맥히 이어오는

핏줄에 젖은 꿈이거나, 혹은 한평생을 건너가는 인생행로의 과객過客으로서의 나 자신이거나, 그것은 헤아리지 않았다.

다만 생에 대한 가냘픈 꿈과 그조차 체념한 바람같이 떠도는 절망과 체념의 한갓 이미지로서 나는 「나그네」를 형상화하였을 뿐이다.

이것이 「나그네」를 해설한 나 자신의 글을 다른 책에서 뽑아 온 것이지만, 사람을 사모하기보다는 바람이나 구름이나 달을 노래하게 된 것이다.

그러고 보면 나의 이십 대는 정신적 동정童貞으로서의 사모와 눈물에 젖은 것이며, 끝내 구체적인 임을 노래한 한 편의 작품도 없었다.

한편 목월의 절친한 고향 친구 김동리는 목월과 같이 지낸 20대의 상황을 이렇게 적고 있다.

목월 형이 대구에서 계성 학교를 졸업하고 경주의 동부 금융 조합 서기로 있을 때였다.

1935년, 그러니까 그해 신춘문예에 나의 「화랑의 후예」(中央日報 소설 부문)가 당선되어 우리 사이엔 축제 분위기가 계속되고 있었다. 우리 사이라고 한 것은 물론 목월 형과 나를 포함하여, 이기현 김석수들을 가리킨다. 그해 우리 나이는 김석수가 스물다섯으로 제일 위였고, 내가 스물셋, 이기현이 스물둘, 목월이 스물로 제일 연하였지만, 모두가 문학에 뜻을 둔 친구들이었다.

지금 그 날짜를 분명히 기억할 수는 없지만, 하여간 「화랑의 후예의」의 상금을 탔을 때니까. 1월 20일 경이 아닌가 한다.

거의 매일같이 술자리가 벌어지고 있었다. 막걸리에 생선찌개에 계(삶은) 접시쯤의 술상이었으니까 대단할 건 없었지만, 처음 당선 발표를 보았을 때는 목월과 기현이들이 차례로 나를 축하하기 위한 술자리를 벌였고, 상금을 타고났을 때는 자축 겸 답례로 술자리를 벌이고 하여 우리는 저녁때만 되면 어울려 마시기 마련이었다. 그리하여 밤중까지 실컷 마시고, 실컷 지껄이고, 실컷 떠들고 했지만, 누구와도 단 한 차례 다툰다거나 삐쭉거리는 일이 없었다.

김석수의 아호는 기향起鄕, 박영종朴泳鐘(목월)의 아호는 소원素園, 이기현의 호는 개산으로, 모두 다 백씨(범부선생凡父先生)가 지어 준 것들이었다.

기향은 1936년에 중앙일보에 「도토리」라는 콩트가 당선(신춘문예)되었고, 개산은 1930년『조광朝光』(조선일보 발행)에 「태笞」라는 소설이 당선되었고, 목월은 1939년과1940년에 걸쳐서,『문장』지에 시 추천이 완료되었지만, 1935년 1월 무렵은 아직 문단 구석에 발을 걸치지 못한 때였다.

이 네 사람 가운데 기향은 목월과 같은 고향인 건천에 살고 있었으므로 일주일에 두세 차례씩 밖에 읍내(경주)에 들어오지 못했고, 개산은 같은 읍내였지만, 집이 황남리라 목월이나 나보다 좀 떨어져 있었고, 또 목월과 나는 계성 동문 관계도 있고 해서 둘만이 만나는 기회는 더욱 많았다.

그러니까 1935년 1월 이십 며칠쯤으로 기억된다. 눈이 내렸다. 아침부터 시작한 눈이 자꾸 더 눈송이가 커지더니 저녁 때는 함박눈이 그냥 퍼부어져 내렸다.

처음 우리는 모갯집^(모괫집)에서 대게^(벌겋게 큰 게)를 안주로 막걸리를 마셨는데, 이 모갯집은 본디 옛날부터 술맛이 좋다고 이름난 집이었지만, 소위 색시란 것은 두지 않은 채 그냥 간단한 술꾼만 상대하고 있었다. 우리는 술이 얼큰해지자, 이날 따라 왠지 색시 생각이 자꾸 났다.

"소원素園^(목월) 우리 저기 갈까?"

나는 턱으로 남쪽을 가리켰다. 그렇게만 하면 통하는 집이 있었다. 그것은 당시 경주에서 유명한 요정의 하나인 무열각茂悅閣이었다.

우리 형편에 무슨 그런 고급 요정에까지 예사로 출입을 하겠나 하는 문제가 남지만, 여기서 그 경위를 자세히 털어놓을 수는 없다. 하여간 그 당시 무열각 주인^(요새 말로는 마담) 아주머니가 내 백씨와의 친분이 자별한 데다 우리와 같이 문학하는 청년들을 무조건 환대했기 때문에 우리는 가끔 그집 신세를 지곤하던 터였다.

일례로 하루는 무열각에서 내 백씨를 모시고 우리 패 일당이 다 모여 술자리를 벌였는데, 그 자리엔 동기童妓 둘이 끼어 있었다. 내 백씨가 무슨 말끝에, 우리를 향해 "자네들 좋아하는 빛깔을 각각 말해 보게" 하는 것이어서, 나는 유록柳綠을 들고, 목월은 노랑을 들고, 기항은 흰빛, 개산은 또 무슨 빛깔을 들고 했는데, 그런지 며칠 뒤 다시 그 집에 모이자 그 동기 둘이 하나는 유록 치마저고리 하나는 노랑 치마저고리를 각각 입고 있어서 목월과 나는 몹시 당황하지 않을 수 없었다. 물론 속으로는 가슴이 두근거릴 만큼 기쁘기도 했지만, 그렇다고 연애를 걸 만큼 대담하지도 못했고, 경제적으로도 여유롭지 않았었기 때문이다.

그렇다고 그집 아주머니가 동기들을 시켜 우리를 유혹하려 했다거나, 우리에게 바람을 내어줄려고 했다거나 그렇게 생각할 수는 없었다.

왜냐하면 그 당시 우리가 그 집에서 먹는 술값은 전적으로 별도 회계(마담이 직접 맡는)로 우리에겐 거의 부담이 없었기 때문이었다. 얼핏 들으면 거짓말 같지만, 그러한 낭만각浪漫閣이 실제로 그 당시 경주에 있었고, 그 연유는 위에서 말한대로 내 백씨와 주인 아주머니와의 자별한 친분 관계에 속하는 일이라고 밖에 설명할 길이 없다.

목월과 나는 모갯집을 나와서 무열각으로 향했다. 그때까지도 함박눈은 그대로 퍼붓고 있었지만, 술이 얼근해진 우리는 눈 속에 뚝뚝 묻히는 발길이 조금도 차갑다고 느껴지지 않았다.

우리가 무열각까지 갔을 때는 밤도 꽤 깊었지만, 이날밤에사 웬 까닭인지 무열각 대문은 굳게 잠긴 채 아무리 두들겨도 열리지 않았다.

나는 목월이 말리는 것도 듣지 않고 무열각 담장을 넘었는데 그것까지는 성공을 했지만, 방마다 불이 꺼지고 모두 잠이 들어 있는 형편인 것을 내가 왔노라고 고함 지르고 불을 켜라고 외칠 용기는 나지 않았다. 나는 도로 담장을 넘어 밖에서 기다리고 있는 목월과 어울린 채 반월성 쪽으로 발길을 돌렸다. 물론 일정한 목표도 없었다.

우리는 첨성대 앞에서 계림 쪽으로 빠져 반월성 밑을 돌아 교촌으로 들어가 평소에 안면 있던 주막집 문을 두드려, 거기서 다시 막걸리 한 되를 비운 뒤 눈 속에 뒹굴며 우리 집으로 향했다.

개천 근처에서 헤어지자고 해도 목월은 말을 듣지 않고 기어이 성 밖의 우리 집까지 나를 바래다주고 돌아갔다.

그다음 해 신춘문예에도 나는 소설 「산화山火」가 동아일보에 당선되었다. 이때의 축제 분위기는 전년도보다 더 화려하고 난만했다.

그러나 나는 여기서 그 축제 이야기를 하자는 것이 아니다.

일월 그믐껜데 또 눈이 그렇게 퍼부어 내렸다.

나는, 그 무렵 연애를 굉장히 하고 싶었는데 상대가 여의치 않아 몹시 우울해 있었다. 그날 밤 나는 눈이 그렇게 퍼부어 내리는 걸 보면서도 일찌감치 방문을 닫고 자리 속에 들어가 잠이 들어 버렸다. 나는 소년 시절부터 너무 괴롭고 여의치 않을 때는 그렇게 잠들어 버리는 버릇이 있었던 것이다.

밤중이나 되었을 때였다. 대문을 몹시 흔드는 소리가 나서 방문을 열어보니 목월이 나를 부르고 있었다. 목월은 작년 이맘때 이렇게 눈이 퍼붓는 밤에 입었던 그 검정 오버를 입은 채 머리에서부터 어깨 위로, 소매 위로 허옇게 눈을 맞고 있었다.

"이렇게 눈 오는데 벌써 자나?"

목월은 물기 머금은 듯한 탄식 같은 소리로 물었다.

나는 잠자리에 들었던 내의 바람으로 눈을 맞으며,

"어짜노? 무열각 대문은 잠겼을 꺼고, 눈 속에 구른다고 될 것도 아니고 차라리 일찌감치 잠이나 자는 게 낫지. 그만 돌아가지."

했다.

목월은 너무나 기가 막힌 지 고개를 푹 떨어뜨린 채 가만히 서 있다가 말없이 돌아서 버렸다.

그 뒤 목월은 가끔 나에게 그날 밤 이야기를 했다.

"그렇게 눈이 퍼붓는 밤중에 찾아온 친구를 대문 밖에서 쫓아 보내는 법도 있나?"

목월이 이렇게 물을 때마다 사실 나는 별로 할 말이 없었다. 그러나 그러한 눈 속에 헤매고 싶은 마음은 내가 목월보다 더 했을지도 모르지만, 목월은 그렇게 헤매는 것으로 반분^{半慣}쯤 풀리는 모양이었고, 나는 곧장 더 미칠 것만 같아지기 때문에 차라리 잠이나 자 버렸다고, 나 혼자 속으로 대답해 볼 뿐이곤 했다.

옛날처럼 그렇게 함박눈이 퍼붓는 밤을, 나는 앞으로도 몇 차례 더 맞이하게 될지 그것은 모를 일이다. 다만 확실한 것은 그런 밤을 맞이할 때마다 나는 옛날 더벅머리 시절의 목월과 내가 함께 헤매던 그 밤을 생각하지 않을 수 없으리란 그것이다.

한편 젊은 시인 정호승은 목월의 고향, 경주에서 서쪽으로 20여 리 떨어진 건천을 찾아 그곳에 살고 있는 목월의 친척과 그의 어릴 적 친구를 만나 그들의 입을 통해서 목월의 성장 과정을 듣고 있다.

경주에 도착한 나는 지는 해를 받으며 목월 시인이 어린 시절을 보낸 건천으로 바로 향했는데, 길가에 흩어진 돌멩이 하나 기왓장한 조각 속에 숨어 있는 역사의 숨결 소리가 나를 뒤쫓아왔고, 경주와 건천을 오가며 오직 시만을 생각하였던 목월 시인의 발걸음 소리가 나의 앞길을 재촉하며 인도하여 주었다.

건천은 경주에서 서쪽으로 20여 리 떨어진 곳으로 목월 시인이 졸업한 건천 초등학교가 있는 곳이다.

경주와 건천 사이에 있는 모량에서 그는 십여 리가 넘는 초등학교까지 아침 저녁으로 걸어 다녔다. 그는 미루나무가 열병식을 하듯 늘어진 황톳길을 걸으며 우리 민족의 정서를 배웠고 고향의 흙밭에 서려 있는 눈물과 한과 사랑을 배웠다.

길가에 흩어졌다가 모였다가 다시 흩어지는 「경상도의 가랑잎」들이 목월 시인의 마음을 나타내듯 서럽게 나뒹굴었고, 나무들은 모두 짚풀에 감싸여 일찌감치 겨울 채비를 끝마친 채였다.

「구름에 달 가듯이 가는 나그네」 대신 직행버스와 오토바이가 쌩쌩거리며 달려갔으나, 나의 마음속에는 인생의 노을진 들녘 길을 걸어가는 한 나그네의 뒷모습이 떠올랐다.

〈술 익는 마을〉은 비록 변하여 맥주 상자를 실은 자전거가 마을 골목길 저 끝으로 사라지곤 하였으나, 나의 마음속에는 「술 익는 마을」의 술 익는 내음이 가슴 깊이 흘러들어와 나의 춥고 쓸쓸한 가슴을 포근히 데워 주었다.

나는 건천에 도착하자마자, 목월 시인의 고향 친구인 손경발 씨를 찾았다. 손경발 씨는 목월 시인과 초등학교 동창이며, 목월 시인이 대구 계성중학교를 다닐 때 대구 교남학교를 다니면서 함께 건천에서 대구까지 목탄 기차로 통학을 했고, 달구벌 대구의 어느 구석진 하숙방에서 함께 살았던 분으로 대인의 풍모를 잃지 않은 거대하고 온화한 향토인이었다.

그는 "촌에는 별 반찬이 없다"면서 조촐한 저녁상을 차려 주었는데, 내가 목월 시인의 이야기를 꺼내자, 그는 막 사라지는 노을이 낀 먼 들길을 바라보며 회상에 잠기었다.

"목월은 참 재주가 있었던 사람이제. 사치하지 않고 낭비를 몰랐제. 바지 엉덩이가 다 떨어져 나가도 부끄러운 줄 몰랐는 기라. 다 떨어진 농구화를 신고 다녔는데, 목월은 좋은 것도 모르고 나쁜 것도 몰랐던 사람이지려. 그는 자신을 항상 외로운 사람이라고 말하곤 했제. 목월의 부친은 교회에 다니지 않았지만 모친께서는 독실한 기독교 신자로 목월을 항상 신앙의 힘으로 키웠고…… 목월은 공부도 참 잘 했제. 학교 성적은 항상 10등 안에 안 들었나."

건천 무산고등학교의 이사장이자, '손경발 도정공장'을 경영하고 있는 손경발 씨는 간간이 떨리는 목소리로 사랑했던 어린 시절의 동무 목월의 세계로 나를 차차 이끌고 갔다.

그의 말에 따르면 그때 당시 5천 호 정도의 궁핍한 농가뿐이었던 건천읍에서 외지로 중학교에 다녔던 사람은 목월과 손경발 씨 두 사람뿐이었다고 한다. 손경발 씨는 3년 동안이나 목월 시인과 한방을 썼다는데, 목월은 대구 하숙방에서 항상 밤이 깊도록 시를 쓰다가 자다가 다시 일어나 쓰다가 자다가 하곤 했다 한다.

그때 쓴 작품(대개 동시나 동요)들이 버드나무로 만든 책광주리로 두 광주리가 넘었다고 하는데, 어떤 때는 다른 사람들로부터 "박목월의 동요는 서양의 것을 번역한 것이다" 하는 어처구니없는 비난을 받기도 했다.

"서당 개 삼 년에 풍월을 읊는다"고 손경남 씨는 그때 목월 시인의 영향을 무척 받았다고 고백하면서,

기차는 떠나간다.
구슬비를 헤치고
정든 땅 뒤에 두고
떠나간 님아.

라는 자작시 한 귀절을 잊지 않고 들려주었다.

또 그는 목월이 써준 시를 학교 작문 숙제로 제출했다가 조회 시간에 전 교생 앞에 나가 큰 소리로 낭송하고 "앞으로 큰 시인이 될 것"이라는 칭찬을 목월 대신 받았던 기억도 잊지 않고 알뜰하게 나에게 꺼내 주었다.

목월은 또 대구 계성중학교 재학 시절, 언제나 쉬는 시간이면 다른 사람들은 다 활기 있게 뛰어노는데,

"학교 운동장 은백양나무 밑에 서서 먼 하늘만 쳐다보고 꼭 정신 잃은 사람처럼 서 있었다."고 한다. 그래서 그때의 동창생들은 가끔 "우째 그랬던 사람이 저토록 훌륭한 시인이 되었노"하고 감탄하기도 했다 한다.

하기야 그들이 어찌 알았으랴. 먼 하늘 영혼의 햇빛을 바라보며 시를 생각하던, 불붙는 가슴 속으로 시를 읊조리던 슬픈 시인의 마음을 정신 나간 사람처럼 느꼈던 그들이 어찌 알 수 있었으랴. 어린 청노루의 눈물 머금은 성큼한 눈으로 떠도는

구름과 어두운 밤의 조각달을 바라보던 목월의 시심을 그들이 어찌 알 수 있었으리오.

"목월이 한테는 남동생이 한 명 있었는데, 저거 형보다 재주가 훨씬 나았제."

손경발 씨는 또 나에게 서른 두 살의 젊은 나이로 미혼인 채 이승을 하직한 목월 시인의 친동생 박영호 씨의 이야기를 들려주었다.

"동생 영호도 시를 썼는데, 그 동생이 살아 있었더라면 목월이 보다 더 좋은 시를 썼을지도 모르제. 목월은 죽은 동생이 쓴 원고들을 모아 책으로 내겠다고 가져갔는데, 지금은 우째 됐는지 모르겠시더."

박영호 씨는 그때 결핵을 앓고 있었는데, 목월 시인의 모친께서 "고양이를 잡아서 고아 먹으면 낫는다"는 말을 듣고, 집고양이는 별로 없고 도둑고양이만 설치던 그 시절에 밤마다 고양이를 잡으려고 밤 들길을 헤매셨다고 한다.

그러나 목월 시인의 동생은 세상을 먼저 떠나 버렸는데, 그때 동생의 장례식 때 시를 읽고 기도하고 눈물을 흘리던 목월 시인의 모습은 "말로 다 표현할 수가 없다"고 한다.

그때 동생의 죽음을 두고 쓴 목월의 시 「하관下棺」을 보면

너는 어디로 갔느냐
그 어질고 안스럽고
다정한 눈짓을 하고
형님!

부르는 목소리가 미치지 못하는
다만, 여기는
열매가 떨어지면
툭 하는 소리가 들리는 세상.

    나는 고단한 나그네의 여장을 건천 여인숙에 풀어 놓고, 목월 시인이 생전에 사랑했다는 고종사촌 동생 정위식 씨를 만나 깊어 가는 나그네의 푸른 달밤을 바라보며 서로 막걸릿잔을 기울였다.
    "형님은 학교를 졸업하고 경주 동부금융조합에 취직했심더. 남들은 15년이나 20년이 되어야 부이사가 되는데, 형님은 근무한 지 9년 만에 부이사가 됐심더. 그만큼 성실하고 머리가 좋았지예. 부이사가 되어서 첫 근무지가 건천이었는데, 건천에서는 한 달쯤 근무하고 그냥 퇴직했심더. 내가 '형님, 와 지금 퇴직하십니까?' 하고 물었더니, '내가 꼭 부이사가 되고 싶어 한게 아니라, 직함이라도 바꾸고 퇴직할라고 안 그랬나.' 하시고는 모교인 계성중학교 교사로 떠나셨지예. 형님은 월급을 한 푼 두 푼 모아 가지고 새 집도 그때 하나 마련하고 했심더. 한때는 동부금융조합을 휴직하고, 일본 동경에 그림 공부하러 갔다가 돈이 없어 2개월 정도 있다가 되돌아오셨는데, 형님은 어쩌면 시인보다 화가가 되고 싶기도 했을 겁더. 그라고 내가 서울에 올라가기만 하면 고향의 단석산 단고개 이야기를 잘 알고 계시면서도 내 한테 몇번이고 되풀이해서 묻고 또 묻고 하셨는데, 지금 생각하니 고향 얘기를 들으면서 시의 소재의 근원을 찾으시려고 그라신 것 같아예. 아, 그라고 형님은 내가 꿀벌을 키우면서 성경을 읽고 살겠다고 언젠가 말씀드렸니 「위식군과 꿀벌」이라는 글을 농민들이 보는 책에 써서 강한 용기를 주기도 하셨지예. 어렵고 외로운 고향 사람들을 우짜든지 좋게 이끌어 주실려고 숨어서도 참 애 많이 썼심더.”

정위식 씨는 조금씩 술이 들어가자, 목월 형님 생각에 연신연신 눈물을 찍어내면서 이야기의 끈을 풀지 않았다. 그의 말에 따르면 목월 시인의 모친께서는 건천에 계시고, 부친께서는 고향 땅에서 노년을 보내시겠다면서 모량에게 계셨다고 하는데, 목월 시인은 부친을 어머니 계신 건천으로 모시려고 하였다고 한다.

그러나 부친께서는 모량에 그대로 계시려고 하셨다는데, 어느 날 정위식 씨가 목월 형님의 말을 듣고 경주로 나가 택시를 구해 타고 모량 마을에 오니 목월 시인이 눈물을 흘리며 마을 입구에 서 계셨다고 한다.

“아버지는 모량에 그냥 계시려고 하니 위식아, 이제 니캉 내캉 경주로 나가자. 아무 주막이나 여관이나 들어가서 막걸리나 한 잔하자.”면서 목월은 동생 위식의 발걸음을 재촉하여 경주으로 나갔다고 하는데, 그토록 부모님을 사랑한 시인 목월의 속마음이 그 오죽 아팠으랴.

“목월 형님은 방이 고우니 곱다카나, 추우니 춥다카나, 아무 데나 있는 그대로 살던 사람 아이가. 내 보고는 맨날 ‘촌에 사는 사람은 촌에 사는 사람대로의 인생관이 있고, 도회지에 사는 사람은 도회지에 사는 사람대로의 인생관이 있는데, 위식이 니는 앞으로 우에 살라카노?’ 하고 내한테 자주 물어보곤 하셨지예.”

이야기를 하면 할수록 시인 나그네의 고향 건천의 늦가을 밤은 점점 깊어만 갔다. 나는 정위식 씨와 헤어지고 목월 시인의 향기를 맡으며, 캄캄한 하늘의 달을 쳐다보았다. 뉘우침과 처량감이 뒤섞인 착잡한 심정으로 새벽달을 보며 박목월 시인은 영혼의 시장기를 느끼곤 하였을 것이다.

시로 앓는 밤에, 열에 뜬 눈으로 황폐한 경주의 달을 무엇에 홀린 것처럼 바라보곤 하였을 것이다. 목월 시인이 바라보던 그달에는 때때로 비단보다 더 가늘고 부드러운 한 줄기 구름이 걸리기도 하였고, 수줍은 듯 얼굴을 두 손으로 감춘 신비한 여인의 표정이 나타나기도 하였다.

어머니의 사랑 같은, 나그네의 외로움 같은, 은쟁반 위에 올려진 청과일 같은 달을 바라보며 젊은 시인 목월은 무엇을 생각하였을까?

그의 젊은 날은 결코 복된 나날이 아니었다. 굶주린 개처럼 애정에 목이 말랐고, 설레는 감정으로 마음의 고삐를 잡을 길이 없었다. 그러나 그는 자연을 통하여 풍성한 위로와 축복을 받으며 살았다.

지나가는 밤 기차 소리와 바람 소리에 꿈을 실어 보내고 깨어난 그다음 날, 나는 손경발 씨 집에서 아침을 먹고 지금은 건천 제일교회 목사 사택이 된 목월 시인이 살던 집을 가보고, 건천 초등학교를 돌아, 건천에서 모량 사이에 있는 금척 마을로 서둘러 길을 떠났다.

금척은 목월 시인의 시 「나그네」가 쓰여진 명작의 고향. 시인 자신은 「나그네」를 자신의 "대표적이라고 생각해 본 일도, 각별한 애착을 가져본 일도 없다"고 말하고 있으나, 지금까지 많은 사람들의 넓은 공감을 얻고 있는 것은 사실이다.

미루나무들이 일제히 기도하듯 가지들을 하늘로 모우고 있는 금척으로 가는 길을 걸으며, 나는 금척 마을의 전설을 들었다.

금척은 신라 시대 때 금으로 만든 자를 묻은 곳이라서 금척金尺이라고 하는데, 그 금자를 죽은 사람의 몸에 갖다 대면 "죽은 사람이 그대로 살아났다"고 한다.

그래서 그 금자를 후세 사람이 잘 찾지 못하도록 많은 무덤을 만들어 숨겨 놓았는데, 금척의 들판 여기 저기엔 수많은 봉분들이 가을 햇살에 떨고 있었다.

지금은 거의 논으로 변하였으나, 옛날의 금척에는 거의 다 밀밭이었다고 한다. 목월은 「나그네」에서 '강나루 건너서/ 밀밭 길을'이라고 표현하였는데 "금척 마을의 처녀들은 시집갈 동안 쌀을 대두 서말밖에 먹지 못하고 갔다"고 할 만큼 옛날의 금척엔 밀밭뿐이었다.

나는 이런 이야기를 늙은 농부에게서 들었는데, 그 농부는 이야기에 신바람을 내다가 그만 잡고 있던 소고삐를 놓쳐 버렸다. 농부는 "워어 워" 소리를 치면서 소를 잡으려고 황급히 뛰어 갔는데, "움메에에" 하고 우는 일소의 긴 울음소리가 많은 시대를 살다 간 목월 시인의 울음 소리를 대신하는 듯 서러웠다.

나는 다시 밀밭길을 지나 강나루를 향하여 걸어 나갔다. 곳곳에 노적가리가 쌓여 있었고, 털털거리는 경운기 소리가 멀리 기차 소리에 섞여 들려왔다.

강나루는 경주 시내를 끼고 흐르는 형산강의 시발지로 아직도 얕고 푸른 강물이 조용히 흘렀다. 나는 흐르는 물소리 바람

소리를 들으며, 통나무로 만든 와나무 다리를 건너 갔다.

이제 강나루엔 목월 시인이 살던 시대와는 달리 타다 남은 연탄재가 쌓여 있었고, 마을을 엮었던 새끼줄이 저 혼자 외로이 썩어 갔다. 그 옆에는 누가 신었던 구두인지 버려진 구두 한 짝이 마치 목월 시인의 영혼의 신발인양 흐르는 강물 위를 저 혼자 흘렀다.

그러나 아직도 강물은 그런대로 맑아 작은 물고기 떼들이 쏜살같이 꼬리를 치며 달아났고, 강나루나 푸른 하늘 위로 물새 떼들이 목월 시인의 시 정신을 나타내기라도 하는 듯 자유롭고 한가하게 날아다녔다.

목월은 곧잘 이 형산강의 푸른 흐름에 젊은 나그네의 고난과 발목을 씻었을 것이다. 강가의 우거진 숲속에서 지천으로 노래 하는 새들의 노랫소리를 들으며 멀고 먼 길을 떠나는 나그네 로서의 슬픔과 기쁨을 맛보지 않은 자는 인생의 참맛을 모른다고 생각하였을 것이다.

나는 이제 세월과 인생의 저편 끝에서 달빛처럼 찾아와 우리 의 가슴을 울리고 가버린 나그네 박목월이 어린 시절을 보낸 모량 리로 발걸음을 돌렸다. 모량리로 가는 길은 농부들이 떨어뜨리고 간 무슨 끄나풀처럼 오솔길이 꼬불꼬불 이어져 있었다.

비록 경부고속도로가 마을을 지나가고 마을 입구의 길들이 넓어졌지만, 길은 산기슭을 휘감아 아득히 사라져 가다가 또 다른 산 모롱이를 휘돌아 되살아나기도 하였다.

목월의 「길처럼」이라는 시에 나타난 것처럼 '뵈일 듯 말 듯한 신길' '생각처럼 그리움처럼' 이어진 '실낱같은' 모량리 들길을 따라가다가 나는 거기에서 목월 시인의 어릴적 동무였던 우봉숙(68세) 노인과 진영호(67세) 노인을 만났다.

그들은 목월 시인을 그냥 본명대로 영종이라고 불렀는데

"영종인 마음이야 참 좋았더라. 아무리 화를 내게 해도 성 한번 안 냈제. 서당에 같이 다닐 때 뒷꼭지가 넓적해서 우리는 밥푸는 '주게(주걱)'라고 안 불렀나. 오막집에 살았어도 먹지 못하거나 하는 고생은 안 했제. 그런데 서울 가서 훌륭한 시인이 되었다 그라길래, 몇해 전 여기 동사무소 지을 때 시 한수 지어서 올리자 했더니, 그것도 안 올리고 고마 세상을 안 떠나 버렸다. 나도 서울 가서는 영종이 살던 원효로에 찾아가 보고, 과죽(과죽나무 열매로 쑨 죽)도 얻어 묵고 했제. 그런데 시 짓는 것은 저거 어른(박목월의 부친)보다는 못 했나라. 저거 어른은 한시에 능통했던 사람 아이었나. 동네 사람들은 영종이가 우리 마을에서 난 시인이라는 것을 다 알지러. 영종이가 고향 오면 고향 사람들은 영종일 다 알아도 영종인 고향 사람들을 잘 몰랐제. 고향에 오면 항상 우리들과 같이 자곤 했는데……"

우 노인과 진 노인은 이렇게 말하면서 나를 목월 시인이 어릴 때 살던 집으로 데리고 갔다. 그 집으로 가는 길에는 도정 공장의 쌀 빻는 소리가 시인의 고향을 찾은 나의 뛰는 심장 소리처럼 들려왔고, 검정 개 한 마리가 나를 반기듯 짖어댔다.

나는 길가 구멍가게집 벽에 붙은 조그만 우체함을 보고 그 속에다 목월 시인에게 보내는 마음의 편지를 써넣었는데, 지금쯤 목월 시인은 그 편지를 읽어 보고 있을까?

세월이 많이 지난 탓인지 목월 시인이 유년 시절을 보내었던

토담집은 1978년 1월에 기와를 얹은 덩그런 한옥으로 그만
바뀌어 있었다.

"이 집이 그럴 줄 알았으면 그대로 놔뒀지에. 기어들어 가고
기어 나오는 집인데 그대로 둘 수가 있어야지에."

집주인은 빨간 고추를 햇빛에 말리면서 무척 아쉬운 표정을
지었다. 그러나 다행히 바로 옆집 우 노인의 집은 목월의 어릴 때
그대로 조금도 변하지 않고 있었다.

나는 우 노인의 집으로 가서 목월 시인이 찧고 하였던 디딜
방아를 밟아 보았고, 도리깨질도 하여 보았고, 우막에 들어가
쇠뿔에 앉은 파리 떼를 쫓아내기도 하였다. 언제나 우 노인에게

"아직도 고향 마을에 과죽나무 열매가 잘 달려 있제?"

하고 물어보곤 하였던 목월의 그 고향에의 그리움을 더욱더
그리워하면서 모량리를 뒤로 두고, 이번에 다시 나는 경주 시내로
향하였는데.

"인자 우리가 죽으면 영종일 찾아올 사람도 없제."

하고 말하던 우 노인과 진 노인의 걸걸하고 쓸쓸한 목소리가
영영 잊혀지지 않았다.

목마른 생의 여정

1940년『문장』지에 시를 3회 추천 완료하여 문단에 데뷔할 무렵 목월은 충남 공주 태생의 신부 유익순과 결혼했다.

이듬해 그는 근무하던 경주 금융조합을 휴직한 뒤 문학과 미술 수업에 뜻을 두고 두 차례나 일본에 건너갔으나, 예술 수업이란 학교 교육에 의해서 이루어지는 것이 아니라, 뼈를 깎는 듯한 외로운 작업에 의해서만 가능하다는 사실을 깨닫고 고향으로 돌아오고 말았다.

그 후 30세에 해방의 기쁨을 맛본 목월은 1946년 31세를 맞이하던 해에 조지훈, 박두진과 3인 시집『청록집靑鹿集』을 펴냈다.

그는 그때의 감격을 이렇게 쓰고 있다.

해방 후, 그(조지훈)를 만난 것은 을유문화사『주간소학생』편집실에서였다. 또한, 그곳에서 박두진도 만났다. 지훈은 베레모를 젖혀 쓰고, 경기고에서 교편을 잡고 있었다. 그 당시 문인들의 우정은 각별한 것이 있었다. 해방의 감격뿐만 아니라, 좌익 계열의 문인들과의 투쟁으로 말미암아 우리들은 굳게 단절되어 있었다. 처음으로 '문학의 밤'이 열리게 된 것도 그 무렵이었다. 서로 모이면 며칠이건 헤어질 줄 몰랐다. 밤이면 떼를 지어 김동리의 집이나 지훈의 집에서 밤을 새웠다. 지훈은 그 당시에도 몸이 건강한 편이 아니었다. '정결하게 흰' 얼굴이 늘 수척해 보였다. 곧잘 길을 걷다가도 손수건을 꺼내 이마의 땀을 씻곤 하였다. 하지만 시에 대한 이야기에 열이 오르면 눈 가장자리가 발갛게 장밋빛으로 피어오르는 것이 인상적이었다.

『청록집』의 발의는 조풍연 씨의 호의로 박두진이 근무하던 을유문화사에서 이루어졌다. 1946년 2월이나 3월이었다.

두진의 전보를 받고 상경을 하자

"목월, 시집을 내라는데 우리 몇 사람 어울려 내 봅시다."

두진의 말이었다.

"몇 사람쯤 낼까."

"글쎄."

"조지훈하고 셋이면 어떨까?"

"좋지. 지훈하고라면 어울릴 꺼야."

그날로 성북동 지훈 댁을 찾아갔다. 어둑어둑할 무렵이었다. 길목의 조그만 돌다리가 무척 인상적이었다. 그도 쾌히 승낙하고, 당장 구체적인 의론을 하기로 하였다. 그리고 세 사람이 어떻게 해서 성신여학교 기숙사로 가게 되었는지 그 자세한 사정은 잊어버렸다. 아마 그곳에 재직 중이던 N군이 이끌고 갔으리라 생각된다.

그날 밤은 세 사람이 뜬 눈으로 새웠다. 해방 전에 써서 묵혀 두었던 작품 중에서 각기 15편 내외를 골라 싣되, 교정을 두진이 보도록 약속되었다. 책 장정과 체재, 『청록집』이라는 이름도 그날 저녁에 마련되었다. 가슴 울렁거리던 그 날의 감격. 우리는 자리에 누워서도 앞날에 대한 꿈과 포부로 잠이 들 수 없었다.

─이제 그만 자.

그렇게 말하는 그 자신이 또 이야기를 시작하곤 하여 결국 밤을 새우고 말았다. 책은 6월에 나왔다.

그(조지훈)가 세상을 떠나기 전 주일 토요일─정확하게 말하면 5월 11일 두진에게서 전화가 걸려왔다.

"목월이요?"

두진의 나직하게 가라앉은─그 침착하고 다정한 음성.

"두진, 웬일이요."

"지훈하고 세 사람이 만나야 될 일이 있어."

"무슨 일인데."

"어느 출판사가 청록집을 다시 내겠대, 의논해야겠어."

"그래? 그럼 지훈에게 연락해 봅시다."

그날 오후 아담 다방에서 두진과 만나 지훈댁으로 갔었다.

지훈은 깨끗하게 정리된 서재에 요를 펴고 누워 있었다.

우리가 들어가자 일어나 앉았다.

"괴로운데 눕지, 지훈."

"아냐, 괜찮아."

그는 여전히 앉아 있었다. 우리는 그가 그처럼 중병인 줄 전혀 깨닫지 못했다.

"청록집만 재판할 것이 아니라, 이 기회에 『청록문학선집』을 내지 그래."

"그것도 좋지."

지훈의 말이었다. 근년에 와서 지훈은 어느 모임에서나 자기의 의견을 앞세우는 일이 없었다. 그것은 때로 옆에서 보기 안타까울 정도였다. 만년에 그의 인격이 원숙해짐으로 보다 원만한 처신을 하려는 것이 그의 신조였는지 모른다. 하지만 그러기에는 지훈은 아직 젊다―싶은 생각을―혼자 가질 때가 있었다. 그날도 그가 의견을 앞세우는 일이 없었다. 다만,

"우리 회갑이 되면 백록집 낼 원고는 따로 모아둬야 해."

이 한 마디 했을 뿐이다. 세 사람은 모두 웃었다.

"아무이래도 지훈 형이 오래 살걸."

평소에 말이 없던 두진도 한마디 거들었다. 우리 세 사람이 한자리에 앉아 오손도손 이야기를 나누게 된 것은 근년에 드문 일이었다. 이것은 우정이어서가 아니다. 우리들의 우정은 청록집을 낼 무렵부터 한결같았다. 또한, 열되게 타오르는 일도 없었다. 자기대로의 성격과 개성을 지켜 얼룩지는 일이 없이 이십여 년 맺어온 우정이었다.

한편 목월과 깊이 사귀어 온 곽종원은 『청록집』 전후의 목월의 주변 이야기를 다음과 같이 전해 주고 있다.

팔일오 해방 직후의 문단 상황을 여기에서 지루하게 얘기할

수는 없다. 어수선한 사회 혼란 속에 문단은 새로운 태동이 되고, 그것도 바로 좌우익의 대립 상태에서 형성되어 갔다. 목월 형은 약간 늦게 상경한 것으로 기억되는데, 좌우간 우리는 만나는 순간부터 오랜 지기를 만난 듯 서로 의기 상통했다.

매일 오후 대여섯 시가 되면 젊은 문인들이 한자리에 모이게 되고 모이면 작품 합평회를 하든지 예술론이 벌어지고 또 좌우익 이데올로기 논쟁이 격렬했다.

때때로 좌우의 전위前衛들이 우리 모임에 와서 공산주의 이론을 역설하기도 하고, 반대로 우리 속에서 저쪽 모임에 가서 공산주의 이론의 부당성을 역설하기도 했다. 처음부터 목월 형은 민족진영의 혈맹의 벗으로서 밤과 낮을 가리지 않고 동분서주했다.

그때 지훈 형은 경기여고에 있었고, 목월 형은 이화여고에 재 직하고 있었다. 그러면서 목월 형은 산아방山雅房이라는 출판사를 겸해서 경영하고 있었다. 광화문 파출소 뒤 지금은 헐어버리고 없지마는, 그 건물의 이층이 사무실이었다. 우리들은 그 출판사에 자주 들려 젊은 기염을 토하기도 했다.

얼마 뒤에 목월 형은 산아방 출판사를 걷어치우고 월간 『여학생』지를 시작했다. 사무실이 충무로 사보이호텔 건너편 어느 쪽이라고 기억되는데, 그때 거기에는 이화여고에서 같이 있던 윤 백 형과 함께 애쓰고 있었다. 가끔 들러보면 어떻게 편집을 짜면 여학생들에 흥미도 있고, 또 문학의 소양을 걸려 줄 수 있느냐는 것을 골똘히 생각하고 있는 것 같았다.

이렇게 보면 목월 형은 『심상心象』까지 세 번째 출판에 손을 댄 것인데, 자기의 본업인 문학 외에도 출판에 매우 큰 관심을 기울이고 있었던 것을 알 수 있다. 물론 문학과 출판은 불가분의 관계에 있고, 문학하는 사람이면 누구나 일단은 출판에 관심을 가지는 경향이지마는 목월 형은 그쪽에 유별난 관심이 있고, 또 추진력과 실천력도 대단했던 것을 알 수 있다.

아마 해방 다음 해인 것 같이 기억되는데, 목월 형은 지훈 · 두진과 함께 삼인 시집 『청록집』을 출간하게 되었다. 그해 가을에 소공동 프라워 다방에서 출판 기념회가 성대히 열렸었다.

그때만 해도 지금처럼 출판이 왕성하지 못할 때이어서, 그날 저녁 출판 기념회는 많은 문인들이 가득 자리를 메웠다. 저마다 신경을 쓰는 것은 좌익계 문인들이 행여 행패나 부리지 않을까 은연중 마음속에 부담을 느끼고 있었다. 그러나 다행히도 그런 행패는 일지 않았다.

출판 기념회가 끝나고 우리는 그 신경 쓰던 것을 해소시키기 위해 삼차 사차까지 이 술집 저 술집을 돌아다니게 되었다. 술이 곤드레만드레 되었는데, 누군가가 제안을 해서 기념 촬영을 하게 되었는데, 부근에 사진관을 찾아가 보니 을지로 입구 허바허바 사진관으로 들어가게 되었다. 마지막 사차까지 남았던 친구들이 세 사람 주인공 외에 김동리 · 조연현 · 이한직 · 이상노 · 여석기, 나 이런 친구들이었다.

지금도 나는 그 사진을 볼 때마다 감개무량함을 느낀다. 형제처럼 가까이 지내며 친구들이 한 사람씩 타계해 가니 참으로 무상함을 뼈저리게 느낄 따름이다.

해방의 기쁨과 함께 맞이한 삼십 대 청춘을 새로 접신接神한 시기로 목월은 형용하고 있다.

그 당시의 목월의 정신적 상황은 참으로 활기찬 것이었지만, 그러나 역사는 그를 그대로 두지 않았다. 6·25 전쟁은 그를 하나의 새로운 인간으로 변모시켜 놓았다.

나의 삼십 대의 여명은 감격에서 동트게 된 것이다. 갈고 있던 바위에 임과 하늘이 비치고 눈부신 광명이 쏟아졌다. 해방을 맞이한 것이다.

새로운 삶의 보람이 북받쳐 오르게 되었다. 동리와의 재회, 지훈, 두진과의 교우, 좌익 계열과의 대결, 나의 생활에 눈부신 변화가 오게 된 것이다. 서울로 옮아 왔다. 그리고 문학에 취하고 우정에 취하여 살았다.

해방 후 청춘을 새로 접신接神했다. 이것은 동리기 술회한 말이다. 청춘을 새로 접신한 것은 동리뿐만 아니라 월정사에서 돌아온 지훈도, 안양에서 나온 두진도, 시골에서 상경한 나도 마찬가지였다. 아니 어느 의미에서는 우리 겨레의 모든 사람이 자기 나름의 청춘과 접신을 하였던 것이다.

참으로 우리는 뜨거운 핏줄과 가슴이 더워 오는 팽창한 나날을 보냈다. 문학 단체를 조직하고 서클을 가지고 강연과 토론, 시에 대한 이야기로 밤을 밝혔다.

서클에는 문학소녀들도 모였다. 나의 생활은 다채롭게 윤기가 돌았다.

그러나 나의 정신적 동정성童貞性은 그대로 계속되었다. 사랑에
대해서는 여전히 이십 대의 소극적 테두리에서 벗어나지 못했던
것이다.

꿈을 꾸네
꿈을 꾸네
대낮에도 구르는
흰 수레바퀴
스스로 사모하는
나의 자리에
가는 숨결 고운 시간 꿈의 자리에
나 홀로 열매지는 작은 풀 열매

……작은 풀 열매처럼 나의 사랑은 가난하고 경건하고 소
극적이었다. 꿈의 범위를 한 자국도 벗어나지 않았다. 내가
접신接神한 청춘의 하늘에는 형언할 수 없는 달무리가 잡혀
있었다.
그러나 내게도 「아가雅歌」의 세계가 찾아왔다. 6·25 전쟁 후의
죽음의 시간과 함께 싹트기 시작한 인간의 마지막 시련—사랑에
눈을 뜨게 된 것이다.

나는 당신을 잉태했습니다.
나직한 푸른 핏줄…
성모 마리아가 인자人子를 잉태하듯

내가 마리아를 잉태했습니다.
그의 조용한 음성
그의 가는 목
그리고 설핏한 구름의 눈매
도란도란 귀에 익은 말씨의
그 서러운 이슬 하늘

「아가」의 첫 연이다.

무성한 당신의 모발
그 풍족한 여유
청결한 당신의 피부
그 청아한 유혹
바람에 불꽃이 깃드는

동굴은 툭 틔어서
크낙한 말을
나는 잉태했습니다.

이십대 초기에서부터―아니 내가 태어나는 그날부터 동경하고
갈구하고 희구해 온 미의 화신이 비로소 현신現身하게 된 것이다.
나는 그의 모발과 피부를 노래하게 되었다.

6·25 사변 때의 극렬한 죽음의 시간 위에 아로새긴 나의 사랑,
절망의 막다른 시간 속에 밤마다 나타난 인어 공주, 그것은 모든

것을 포기한 죽음의 시간 속에서 획득한 생명의 찬란한 광채요,
장엄한 낙조다. 그러나 그것은 눈물 젖은 내 볼 위에서 승천해
버렸다.

흐릿한 봄밤을
문득 맺은 인연의 달무리를
타고 먼 나라에서 나들이 온
눈물의 페어리

사랑하느냐고.
지금도 눈물 어린
눈이 바람에 휩쓸린다.
연한 잎새가 펴나는 그 편으로 일어오는
그 이름, 눈물의 페어리.

「눈물의 Fairy」의 일절이다. 나는 그녀를 길거리에서 만났다.
눈발이 치는 날이었다. 그녀의 눈동자에도 끊임없이 눈발이
내리고 있었다. 내리는 대로 녹고 마는 허무하게 아름다운 눈발
이 상징하는 그대로 인간에게 주어진 것은 모두가 소멸하는
것뿐이다. 다만 소멸하는 것의 의지를 인간은 영원과 결부하여
하나의 불멸의 영상映像을 그려 올리게 된다.
나는 그녀와 헤어지자 손목에 차고 있던 시계가 멎어 있는 것을
발견하였다. 이 우연한 사실이 하나의 운명적인 사실로서 내게는
결정적인 것이 되어 버린 것이다.

이른 아침에 일어나
꾀꼬리 울음을 듣기도 하고
간혹 성경을 읽기도 했다.
마태복음 5장을, 고린도 전서 3장을
인왕산은 해 질 무렵이 좋았다.
보라빛 산외山巍 어둠에 갈앉고
램프에 불을 켜면
등피燈皮에 흐릿한 무리가 잡혔다.
마음이 가난한 자는 복이 있나니…… 아아 그 말씀, 그 위로.
그린 밤일수록 눈물은 베개를 전시고, 한밤중에 줄기찬 비가
왔다.

「효자동」이라는 졸작의 1절이다. 「고린도 전서」 13장은 '내가
사람의 방언과 천사의 말을 할지라도 사랑이 없으면 소리 나는
구리와 울리는 꽹과리가 되고……'로 시작되는 사랑의 세계를
타이르는 말씀이다. 또한, 그것은 내가 눈물로 건너온 삼십 대의
격류의 세계다.

이 어슬픈 이야기에 끝을 맺을 때가 왔다.

저 구름의
그윽한 붕괴崩壞
멜로디만 꺼지는 은은한 휘날레

앞으로
내 날은 영원한 한일閑日
주름살이 꼽게 밀리는 조용한 하루.

마른 국화 대궁이가 고누는 하늘로
구름이 달린다. 모발이 소멸하는
구름이 달린다. 돛을 말며
마흔과 쉰 사이의 나의 하늘 아래

가늘게 흔들리는 뜰이여.

겨우 개었나부다.
눌변訥辯의 깃자락에 소내기가 묻어오는 그 하늘이

오늘은 구름이 갈라진 틈서리로
아아, 낭낭한 모음母音의 궁륭穹窿
긍정의 환한 눈동자 안에
구름이 달린다. 모발이 삭으며
구름이 달린다. 돛을 말며

「한정閑庭」이라는 졸작의 일절이다. 무너지는 것은 무너지는
것으로, 맺어지는 것은 맺어지는 것으로 긍정하게 된 나의 환한
눈동자에는 모발이 삭은 저편에 놓인 지평선이 선명하게 떠
오른다. 20대와는 다른 의미에서 공허한 동굴 안에 나의 앞날은

허전한 대로 평안한 영원한 한일閑日이 되어 버린 것이다.

6·25 전쟁이 터지자, 목월은 '문총구국대文總救國隊'의 총무로서 활약하는 한편, '창공구락부'를 조직하여 공군에 종군하기도 하였다.

이 무렵의 목월의 생활을 양명문은 다음과 같이 술회하고 있다.

내가 목월과 처음 만난 것은 1950년 11월 서울에서였다.

지훈의 소개로 첫인사를 했는데, 퍽 부드럽고 겸손한 태도였다. 덥석 잡는 그의 손에서 목월의 구수한 성품과 정다운 체온을 느낄 수 있었다.

만난 장소는 문총 사무실이었다. 그때가 바로 6·25 전쟁 때라 문총은 구국대를 조직하고 있었는데, 목월은 그 간부의 한 사람이었다.

당시 이북에서 월남해 온 문인·음악가·화가·연극인·무용가 등 상당한 수효의 예술인들을 환영한 것은 좋았는데 이들의 숙소와 식생활이 당장 문제여서 문총은 산하 단체인 구국대에 이들 예술인들을 흡수 포섭하고 숙소 알선과 식량 보급에 나섰던 것이다.

그때 목월과 나는 문교부·사회부 장관을 방문하여 이에 대한 대책과 방안을 논의한 일도 있었다. 그때만 해도 30대의 목월은 펄펄 날던 때라 동분서주했던 생각이 난다.

그때의 진지하고 인정어린 목월의 모습을 잊을 수가 없다. 당시의 수도 서울은 후퇴 직전이라 걷잡을 수 없이 술렁거렸고 어수선하기 짝이 없었다. 월탄을 위시하며 지훈·목월·미당·동리 등 구국대 시인들은 벽시壁詩를 써서 서울 시내 곳곳에 붙이고 드디어 1·4후퇴라는 참담한 상황을 겪게 되었다.

우리들은 모두 정동 예배당에 집결해 가지고 일로 대구로 남하하게 되었다. 목월·지훈 등 수 많은 작가들이 같은 피난 열차로 대구까지 피난 갔던 일이 새삼 생각이 난다.

대구 시절의 목월

당시 대구에는 많은 작가들이 집결해 있었다. 목월·지훈·여산 등은 공군에 종군하게 되어 창공구락부를 조직하고 활동을 전개했다.

나는 육군 종군작가단에 참여하여 육군에 종군하게 되었다. 그래서 가끔 최전방 전신을 돌며 종군을 하고는 다시 대구로 돌아오는 것이었다.

목월은 대구에서 '창조사'라는 출판사를 내고 있었다. 역시 부지런히 뛰고 있었다.

나와 목월은 다방 '아담'에서 자주 만났다. 종군 갔다 온 나는 이 다방에서 쇼팽의 즉흥환상곡을 들으며 세상엔 음악이 있어 살만하고 큰 위안을 받는다니까, 목월은 그 곡이 그렇게 좋은 곡이냐며 나를 빤히 쳐다보는 것이었다. 왜냐하면 그 당시 전선에서 이루 말할 수 없는 참상을 목격하다가 후방인 대구로 돌아와 다방에서 커피를 마시며 실로 오랜만에 듣는 음악은 나에게 그렇게 느껴졌던 것이다.

그래서 명곡 얘기를 목월과 몇 차례 해보았지만, 지금 생각하면 그때 목월과 조용히 명곡 감상을 못한 것이 한스럽다.

시에 대한 얘기는 틈 있을 때면 자연스럽게 꺼내곤 했는데 목월은 헤세의 시가 좋다며 헤세의 얘기를 많이 했고, 나는 폴 발레리가 좋다는 얘기와 발레리 논을 펴곤 했었다.

하루는 멋있는 다방이 있다며, 나를 끌고 갔다. 다방 이름이 '사슴'인가 그랬는데, 목월의 시가 벽에 커다랗게 걸려 있었다.

산은 구강산/보랏빛 석산/산도화/두어송이/송이 버는데/봄눈 녹아 흐르는 옥 같은/물에/사슴이/내려와 발을 씻는다.

이러한 시였다. 후에 시집『산도화山桃花』에 수록된 작품이다.

이렇게 그 다방은 목월의 시를 바라보며 차를 마시게 되어 있었다.

이 무렵 종군 작가단 주최로 문인극을 대구에서 공연한 일이 있었는데, 나도 출연을 하게 되었다. 최정희 여사도 딸 역을 맡아 출연했다. 나는 최 여사에게 구혼하는 대학 출신으로 등장하여 인기를 끌었던 모양이다.

이때도 목월은 나더러 양형은 어찌 그리 연극도 잘 하느냐며 찬사?를 보내 주었다. 나는 기분이 좋아가지고 대구에서 소문 났던 대추나무 막걸리집으로 목월·지훈·마해송 등과 막걸리 파티를 한 적이 있다. 목월은 시종 웃는 얼굴로 유머를 던졌는데, 경상도 사투리여서 한층 더 구수한 해학을 발산하는 것이었다.

그 무렵 종군작가단에서 발행하던 문예지『전선문화』에 목월은 김영랑논論을 썼는데, 영랑의 시어가 그렇게 마음에 든다며 작품을 분석하듯 자상하고 섬세하게 시어론詩語論을 내놓곤 하였다. 이 무렵은 이런 얘기가 여간 귀한 얘기가 아니었다.

목월은 전쟁 중에도 꾸준히 시의 순수성과 전통성을 추구해 나간 시인이었다.

명동 시절 근황

다들 아는 것처럼 수복 후의 문인들은 모두 명동으로 모여들어 살다시피 하였다.

얼마 있다가 시집들이 쏟아져 나왔다. 목월은 그의 첫시집 『산도화』를 이 무렵에 출간했다. 지금 그 『산도화』를 옆에 놓고 이 글을 쓰며 명동 시절의 목월을 회상해 본다. 목월답게 소박한 시집이다.

이 무렵에 청마 유치환은 경주에 살았는데, 청마가 서울에만 오면 으레 술자리가 벌어졌다. 지훈은 물론 목월도 술자리를 같이했다. 한창 주흥이 올라 환담이 무르익어가는데 목월은 온데간데없었다. 소리 없이 살짝 빠져나간 것이다. 이것이 또한 목월의 특기였다.

목월은 남달리 항상 바쁜 사람이었다. 다방에 죽치고 앉아 있는 일은 별로 없었다. 무언가 늘 하고 있었다. 그만치 부지런한 사람이었다. 목월과 나는 가끔 무슨 심사위원회나 좌담회를 통에서 만났는데, 그는 만날 때마다 항상 무엇인가를 들고 다녔다. 그의 일감인 모양이다. 그리고 회의가 끝나기가 무섭게 사라져 버린다. 한가한 목월이 아니었다.

기나긴 여로의 동반자

잠이 오지 않는 밤이 잦다.
이른 새벽에 깨어 울곤 했다.
나이는 들수록
한은 짙고
새삼스러이 허무한 것이
또한 많다.
이런 새벽에는
차라리 기도가 서글프다.
먼 산마루의 한 그루 수목처럼
잠잠히 앉았을 뿐……
눈물이 기도처럼 흐른다.
뻐꾹새는
새벽부터 운다.
효자동 종점 가까운 하숙집
창에는

창에 가득한 뻐꾹새 울음······
모든 것이 안개다.
사람과 사람 사이의 인연도
혹은 사람의 목숨도
아아, 새벽 골짜기에 엷게 어린
청보라빛 아른한 실오리
그것은 이내 하늘로 피어오른다.
그것은 이내 소멸한다.
이 안개에 어려
뻐국새는
운다
　　　　　　　—「뻐꾹새」

목월이 한 여자에게 골몰해 있을 때 부인 유의순 여사는 신앙에 의지해서 남편이 하루 속히 집으로 돌아오기를 기다렸다.

유 여사는 그 당시의 심경과 목월과의 행복한 생활을 다음과 같이 솔직하게 털어놓고 있다.

남편은 나의 머리

나는 스무 살에 결혼했습니다. 세상을 모르는 철부지였지만, 그래도 남편을 섬기는 것이 내 본분이라 믿었습니다. 사실, 나는 남편을 힘껏 받들고 살았고, 지금도 변함이 없습니다. 아무리 여자가 훌륭한 자질을 갖추었다고 또 사회적인 활동을 한다더라도 부부라는 뜻에서는 그 남편에 속한 것이며, 남편을 섬기고 받들어야 화락한 가정이 이루어지는 것이라 믿습니다.

아내들이여, 자기 남편에게 복종하기를 주＃께 하듯 하라. 이는 남편이 아내의 머리됨이 그리스도께서 교회의 머리됨과 같음이니 그가 친히 몸의 구주이시니라.

에베소서 5장에 나오는 말씀입니다.

그가 나의 머리요, 몸의 구주라는 말씀은 내가 아내로서 평생 지녀 온 신념입니다. 그러므로 나는 그 안에서 그를 위하여 어떤 희생이라도 달게 받으며 살아왔습니다.

이 말을 여자가 남편의 노예라는 뜻으로 해석한다면 오해입니다. 내가 그 안에서 그를 위하여 살게 됨으로 남편은 가정 안에서 나를 위하여 살게 됩니다. 남편이나 아내가 서로를 섬기고 서로 받드는 인격적인 융화로써 화락한 가정을 이루는 것이 아닐까요.

나는 한 번도 나 자신을 위하여 돈이나 옷이나 간에 남편을 졸라 본 일이 없습니다. 나는 그런 것이 중요하지 않았기 때문입니다. 가정 밖을 나가 본 일이 드물기도 합니다. 주일날 예배당에 나가는 것 외에는 외출이라곤 거의 없었습니다. 가정이라는 조그마한 테두리 안에서 나의 생활은 언제나 분주하고 즐거웠습니다. 이것도 지금 세대의 젊은 사람은 이해하기 어려운 일지 모르겠습니다만, 내게는 극장이나 거리에 나가는 것보다 가정이 더욱 중요하며 가정 안에서만 나는 행복을 발견할 수 있었습니다.

여자가 가정을 위하여 자기를 희생하고 그 안에서 마음의 따뜻한 보금자리를 마련하지 못하면 아무리 좋은 옷과 화려한 생활을 한다 하더라도 참된 행복을 얻기 어려울 것입니다.

남편도 가정을 위하여 무척 큰 희생을 베풀어 왔습니다. 가족들을 위하여 잡문을 쓰고, 하고 싶은 여행도 못 하며 또한 자식들에게 모든 것을 바쳐 왔습니다.

내가 남편을 위하여 그 안에서 삶으로 남편은 우리 가족들 안에 살게 되는 것입니다.

아내는 남편의 테두리

스무 살에 내가 결혼하게 되었다고 위에서 말했습니다. 참으로 결혼 당시를 생각하면 아득한 옛날입니다마는 결혼 당시에 시어머니께서 이런 말씀을 하셨습니다.

"우리 아이는 아무것도 잘하는 게 없다. 글 쓰고 공부하는 것에는 열심이지만, 세상 물정을 모르고 두서가 없어 걱정이다. 그러나 내가 아들을 믿고 의심치 않는 것은 우리 아이는 돈에 욕심이 없다. 모든 악한 일과 범죄는 돈을 아는 사람이 저지르는 것이라 생각하지만, 그런 점에서 우리 아이는 어디 갔다 놓아도 안심할 수 있다."

당시에는 시어머니의 말씀을 예사로 들었지만 살아오는 동안에 시어머니의 말씀이 참으로 남편의 장점과 단점을 용하게 꿰뚫어 일러주신 것을 새삼스럽게 깨달았습니다.

그는 평생을 글 쓰는 것에만 열중하며 그 외의 것은 거의 무관심했습니다. 이것은 남이 듣기에는 대수롭지 않은 일 같지만, 아내로서 나의 고초는 이루 형언할 수 없었습니다. 아무리 집안 아이들이 공납금이 없어 쩔쩔매도 그는 태연한 표정입니다.

금년에 대학원을 졸업하는 맏이의 대학 생활 몇 해를 두고 보더라도 그 공납금을 제때에 남편이 마련해 온 일이 거의 없었습니다. 언제나 내가 이리저리 변통해서 물어왔던 것입니다. 이것은 그가 글을 쓰기 때문에 더구나 돈에 무관심하기 때문에 내가 저야 할 고달픈 짐입니다.

한편 그가 돈에 무관심한 사람이기 때문에 남편이 사회에 나가서 무슨 일을 하더라도 항상 실수하지 않으리라 안심할 수는 있습니다.

남편이 돈에 무관심한 사람이라는 것을 안 이상, 평생 돈 문제는 말 안 하고 살기로 결심했습니다. 아무리 생활에 쪼들리고 돈에 몰려도 남편에게만큼은 돈 문제로 괴롭히지 않았습니다.

이것은 괴롭고 무거운 짐이기는 하지만, 그러니 나는 나대로의 삶의 보람이기도 합니다. 무거운 짐에 어깨를 눌리지 않으면 무슨 보람으로 우리가 애쓰며 살 의의가 있겠습니까.

또한, 내가 남편의 부족한 점을 나의 짐으로 물려 받아지게 됨으로 그를 가정에서 벗어날 수 없는 테두리를 마련해 주는 것이 됩니다. 남편이 사회에 나돌아다니더라도 그의 뒤에는 항상 굵은 고무줄을 달고 다니는 것입니다.

만일 남편이 가정에서 멀리 벗어나면 그 고무줄이 그로 하여금 가정으로 끌어당기는 힘을 가졌습니다.

이 고무줄은 내가 그의 무거운 짐을 물려받아 어깨에 짊어지므로 마련되는 것이라 생각합니다.

단 한번의 시련

우리의 결혼 생활은 비교적 순탄했습니다. 그다지 큰 풍파를
겪지 아니하고 순조롭게 살아왔습니다.

지난해 내가 갑상선 수술을 받으려고 세브란스 병원에 입원
했을 때 일입니다. 수술 직전에 전신 몽롱을 하게 될 때 나는 죽음
을 각오하지 않을 수 없었습니다. 그때 지난 나의 과거를 총결산
해서 생각하는 순간을 가졌습니다만, 나의 생애는 한 마디로
말해서 아무런 여한이 없는 생애였습니다.

그 후 병이 완쾌되어 퇴원할 때에도 나는 무언지 모를 고마운
생각이 가슴에 찼습니다. 병이 나아 퇴원하는 그것도 감사한
일이지만, 보다 더 내 일생을 총결산해서 한 마디로 한이 없다는
것이 새삼스럽게 고마운 생각이 들었습니다.

그러나 꼭 한 번 남편이 삼십 대 말기에 여성 문제로 나는 혹독
한 시련을 겪었습니다. 나는 처음부터 이것이 얼마나 중대한
문제인가를 깨닫고 있었습니다. 그래서 당황하지 않고 침착하게
치러야 한다는 것을 스스로 다짐했습니다. 남편이 감정적으로
한동안 설레지만 종국에는 가정으로 돌아오리라는 것도 알고
있었습니다. 그래서 그와 정면으로 맞서지 않고 다만, 하나님만
의지해서 참고 기다렸습니다.

그 후 모든 물결이 잠들고 남편이 환한 얼굴로 돌아왔을 때
나는 새삼스럽게 가정의 힘이라는 것을 깨달았습니다. 우리가
20년 가까운 세월 동안 그가 가정 안에서 서로 바쳐 온 것이 결코

헛되지 않음을 알았습니다.

나는 내게 주어진 이 마지막 시련을 참음으로써 이겨낸 것이라 믿습니다. 남편은 나의 머리요, 몸의 군주시니라는 주님의 말씀을 늘 새기며 그가 가정에서 떨어졌더라도 남편에 대한 나의 신뢰는 변함이 없었습니다. 이 변함 없는 신뢰로 나는 내게 주어진 시련을 달갑게 받아 참으므로 이겨낸 것입니다.

시인의 아내

나는 시인의 아내라 해서 아무런 자랑도 유별난 보람도 느끼지 않습니다.

남편이 시인이 아니고 거리의 상인이나 교사라도 무방합니다.

그렇다 하여 시인의 아내가 나쁘다는 뜻은 결코 아닙니다. 다만 남편의 직업이 무엇이든 아내는 남편을 통하여 사는 길이 열리는 것이며, 사람마다 그 길에서 제대로의 보람을 가지는 것이라 생각합니다. 간혹 밤중에 자다가 눈을 뜨면 여전히 글을 쓰고 있는 남편은 볼 때가 있습니다. 혼자 긴장해서 글을 쓰는 남편의 옆 얼굴이 이상하게 가슴에 벅찬 감동을 불러일으켜 줍니다. 완전히 자기 세계에 도취한 엄숙한 얼굴입니다.

사실 나는 남편의 사업이 얼마나 성공했는지 모릅니다. 그의 작품을 탐탐하게 읽어 본 일도 없으며 읽어 보았자 이해되는 것도 아닙니다.

그이의 사업은 그의 자신이 세워 갈 탑이며, 나는 돌을 날라 줄 뿐입니다. 그러나 밤중에 그이의 엄숙한 옆 얼굴을 바라보면 그의 사업이 얼마나 진지한 사업인가를 뼈저리게 느낄 뿐입니다. 또

그이가 심혈을 기울여 이룩하는 사업이 더욱 빛나기를 바라고 빌
따름입니다.

위에서 내가 말한 것이 그이를 욕되게 하는 말일까 두렵습니다.

가정으로 돌아온 목월은 상대를 사랑하는 남편, 지식을 아끼
는 아버지, 그리고 제자를 훈도하는 스승으로서 헌신하는 가운데
시작詩作에 몰두했다.

목월은 기나긴 나그네의 동반자로서의 아내를 다음과 같이
기리고 있다.

신부의 이미지

우리가 결혼한 것은 이십 육년 전이다(1938년 5월 20일). 충남
공주 제일예배당에서 결혼식을 올렸다. 주례는 양 목사님, 엷은
면사포를 쓴 어린 티가 가시지 않은 엄숙한 아내의 얼굴은 홍조를
띠고 있었다. 아름다웠다. 아내를 아름답다고 생각한 것이
내게는 전무후무의 일이었다. 또한, 그때 아내의 인상이 내게는
결혼식을 올린 그 사실보다 더욱 중요한 의의를 가지는 것이다.

그 후 6년간 온갖 인생의 고비를 겪어 오면서도 면사포 안에
철없이 엄숙하던 아내의 얼굴이 떠오를 때마다 그를 저버릴 수
없었던 것이다.

다시 말하면 결혼식이라는 사회적인 약속이나 계약보다도
부부라는 두 사람의 인간적인 관계를 맺게 하는 유대로서는
철없이 엄숙하던 아내의 얼굴이 더욱 강력하게 작용하였다는
뜻이다—라면은 오해를 사기 쉬운 말일지도 모르지만, 그러나

나로서는 솔직한 고백이다.

결혼식—바꿔 말하면 부부생활의 첫 출발점에서 아내의 철없이 엄숙한 아름다운 얼굴은 그녀가 앞으로 이룩하게 될 우리들의 생활에 대한 굳은 결의와 성의와 천진스러운 꿈을 상징하는 하나의 이미지로서, 나의 가슴에 깊이 박히게 된 것이다. 이 이미지는 아내와 나 사이에 무슨 간격이 벌어질 때마다 아내의 처지를 변명해 주고, 우리들의 사이를 화해해 주며, 나의 감성을 무마해 주도록 작용하는 것이다.

그것은 아내의 천 마디의 웅변보다도 더욱 절실한 변명을 내 가슴에 타일러 주는 것이다. 우리 내외의 사이가 막바지에 이르게 되었을 때, 그것은 우연히 머리에 떠오르는 하나의 명상으로 또는 꿈으로 제시하는 하나의 광명으로 늘 아내라는 사람을 대변해 주는 이상하고 신비스러운 힘을 가지고 있었다.

가난한 충족감

우리 부부는 소위 살림이라는 것을 시작하면서 젓가락 하나 집에서 타온 것이라곤 없었다. 우리의 집이 가난한 탓만 아니다. 그래도 촌에서는 볏섬이나 가졌지만, 나는 집에서 도움을 받는 것을 준열하게 거부했다. 내 힘으로 산다—는 것은 내가 가정을 이루면서 굳게 가진 신념이었다.

양은 솥 한 개
남비 하나
바께스 한 개

밥 공기 둘
사기그릇 몇 개
수저 두 벌

그리고 친구가 마련해 준 거울 한 개에 이부자리, 이것이 신접
살이의 물목物目이었다. 전부 합쳐도 그때 돈으로 십 원 미만의
살림―우리 내외는 이것으로 신가정을 꾸민 것이다.

맏이는 어느 농가의 단칸방을 얻어서 낳았다. 외양간 옆에
붙은 한 칸 방에서 아내는 자기 손으로 저녁밥을 지어 먹고 그
날 밤중에 첫 아들을 낳은 것이다. 그러나 우리 내외는 살림이
옹색하다는 것을 실감해 본 일이 거의 없었다. 처음부터 '가져 본
일이 없는' 것에는 욕심도 생겨나지 않는 법이다.

알뜰하게 살자―이것이 아내의 신조요, 베풀어 주는 대로 살
자―는 것은 나의 생활신조였다. 결코, 우리들은 신분에서 벗어난
생활에 대한 욕구나 욕망이나 허영을 꿈꾸어 본 일이 없었다.

따지고 보면 너무나 소극적 소시민적인 근성이라 할 수 있을지
도 모른다. 그러나 내게 말하고 싶다. 과연 인간 생활에 절실하게
필요한 그야말로 절대적인 필수품의 한계가 어느 정도냐고
묻고 싶다. 대체로는 일종의 허영으로서의 필요 이상의 살림을
가짐으로 우리들의 생활이 복잡해지고 우리가 생활하기보다는
생활 그것에 우리가 쫓기는 것이 아닐까.

어떻든 그야말로 씻은 듯이 가난하게 살림을 시작한 것이
우리들에게는 오히려 은혜로운 일이라는 것을 지금도 믿고 있다.

그 하나는 지금 우리 집에 있는 하잘 것 없는 물건일지라도

우리들의 손으로 마련하지 않은 것이 없다.

다시 말하면 접시 하나, 젓가락 한 개라도 우리의 소유물은 그것을 마련하게 될 때의 역사, 우리 내외의 역사를 간직하지 않은 것이라곤 없다. 그러므로 우리는 집 안에 있는 물건일지라도 그것이 모두 우리 부부 생활의 그립고, 즐겁고, 괴롭던 옛날을 이야기해 주는 '입을 가진 것'들이다.

둘째는 아내의 말을 빌면 이렇게 알뜰하게 모은 것들이기 때문에 우리는 집 안에 있는 물건들을 그냥 '물건'으로 대하지 않는다. 이상한 애착과 고마움을 항상 느끼게 된다. 또한, 신접살이 때의 일이 늘 머리에 남아 있기 때문에 우리는 살림살이나 살림 그것에 대하여 항상 감사와 충족을 느끼는 것이다. 그릇이 두 개 있으면 세 개에 비하여 부족감을 갖기보다는 한 개에 비하여 만족을 가지기 때문이다.

그것뿐만 아니다. 항상 어렵게 살아 온 탓으로 아내는 낭비라는 것을 모른다. 준비성이 강하다. 십 년 전에 마련해 둔 미제 포플린 옷감을 지난 해에 겨우 옷을 지어 입었으나 너무 시대에 뒤처진 것이라서 내외가 서로 웃고 말았던 것이다.

물론 이것은 좋은 면만을 이야기한 것으로 사실은 출발에서부터 너무나 가난했기 때문에 우리가 겪어야 하는 괴로움은 한두 가지가 아니었다. 아무리 애를 써도 살림의 기틀이 잡히지 않았다.

워낙 기초가 없이 시작한 살림이기 때문에 모이는 것이 없다는 뜻이다. 지금도 명색이 가정을 이루고 있기는 하지만 겨우 형체만 얽어 놓았을 뿐 반반한 기물 하나 없다. 참으로 살림은 이십오,

육 년간이나 해 온 집으로서는 너무나 허술하고 가난하고 부끄럽다.

무거운 보물

우리는 4남 1녀를 두었다. 맏이는 이미 대학원을 졸업하고 자기의 구실을 하고 있지만, 나머지 사 남매는 아직도 우리들의 부담이다. 대학, 고등학교에 초등학교 둘이다. 그러나 자식이라는 것은 너무나 '무거운 보물'이다.

아내는 열 살이 된 막내둥이를 자기의 이부자리에 데리고 잔다.

이것이 커 버리면 어떻게 살까—아내가 하는 소리다. 그런 뜻에서 자식은 보물이다. 부모가 자식에게 베푸는 이 어리석고도 맹목적인 애정은 자식을 길러본 사람이면 누구나 겪어 본 것이리라.

사십 대에 들어서면 이미 부부이기에 앞서 부모로서의 자식을 위해 희생을 감수해야 한다. 그러나 부부라는 한 남성과 여성과의 공동적인 삶의 가장 아름답고도 큰 결실은 역시 자식에게 있는 것이다—라면, 너무나 고루한 사상이라 비난할 수도 있지만, 그러나 인간 사업 중에 얼마나 대단한 것이 있다는 말인가. 우리들의 대를 이어가는 자식을 바르게 길러내는 일이 결코 가벼운 것은 아닐 것이다.

이런 이야기를 쓰면서 눈밭 속에 묻혀 있는 허전한 백발의 세계를 생각한다.

아내와 걷는 밤길의 보조

이제 결론을 맺어야겠다. 위에서 부부라는 것을 서로가 상대에 대하여 절대의 사람이 되는 길이라 했다. 그러나, 이것은 결코 달콤한 길은 아니다.

아내와 함께 어쩌다가^(그야말로 어쩌다가) 영화라도 구경 가게 된다. 대개 부부가 동반해서 구경을 가게 되는 것은 밤 8시가 넘어 시작되는 마지막 프로다. 평생 동안 낮에 부부 동반하여서 영화를 구경한 일은 다섯 손가락으로 헤아릴 수 있을 정도다. 가난할수록 틈이 없다는 속담 그대로다. 아내나 나나 낮에는 틈이 나지 않기 때문이다.

영화가 끝나고, 밤거리를 내외가 돌아오면은 전신에 스며드는 정다움을 느끼게 된다. 갖은 살림의 고된 고비를 넘어서 부부가 적적한 밤거리를 걷는 그 정경이야말로 측은하다면은 한량없이 측은한 일이다.

—여보, 불러 본다. 그러나 바로 옆에 함께 걷는 줄로만 생각했던 아내가 두서너 발자국 뒤에서 대답을 한다. 걸음을 멈추고 아내를 기다렸다가 나란히 걷는다. 그러나 얼마쯤 걷다가 보면 역시 아내는 두서너 발자국 처져서 따라온다. 이것은 거리를 동행하는 보조뿐만 아니라 만사에 이만한 거리감을 서로 느끼게 된다.

성격적으로 우리는 나란히 동행할 수 없다. 아내의 잔잔한 성격이 평생 나를 괴롭혔고, 나의 성급한 성격이 아내를 괴롭혔다. 이 성격의 차이는 우리가 부부로서의 유대가 강해지고 인간적인 친밀과 이해가 넓어질수록 선명하게 느껴지는 것이다. 메꿀 길이 없는 영원한 간격—참으로 개성이 다른 두 사람(부부)이 한 집안에 평생을 함께 산다는 것은 너무나 엄청난 시련이다.

다만 보조가 어울리지 않는 이 영원한 거리가 간격을 간격으로써 충분히 인정하면서 더 크고 깊은 이해와 신뢰와 친밀감이 서로의 가슴에 차게 될 때, 그것은 불안하지 않은 보조로써 인생의 길을 끝까지 걸어갈 수 있을 것이다.

마지막 강의

그가 1978년 3월 24일 새벽 산책길에서 돌아와 지병이던 고혈압으로 쓰러지자, 목월의 제자들은 앞을 다투어 오열하며 스승을 추모하였다.

중학교 3학년 때, 최초로 시집이란 것을 샀다. 우연이겠지만 서점에서 고른 책이 선생님의 『산도화』였다. 노란 장정이 아름다웠으며, 그 속에는 조지훈·박두진 선생의 산문도 실려 있었다. 선생님의 『산도화』는 하얀 해으름의 이미지를 어린 가슴에 심어주었다.

봄비가 하루 종일 내리는 일요일이면 선생님의 시집을 읽곤 했다. 내가 처음 사서 읽은 시집이 선생님의 『산도화』였다는 사실은, 그러나 그 후 선생님이 나의 시를 처음으로 지면에 발표시켜 주시고, 매우 칭찬을 하셨다는 사실과도 어떤 관계가 있는 것 같다.

고등학교 2학년 때였다. 당시 고교생들의 유일한 잡지였던 『학원』에 나는 두 편의 시 「나목이 되는」과 「달」을 투고했다. 두 편 모두를 선생님께선 우수작으로 뽑으셨고, 이군의 스승이 누구인가를 짐작게 하는 매우 아름다운 시라고 격려하셨다. 내면을 잔잔히 응시하는 눈이 놀랍다는 말씀도 하셨던 것 같다.

지금 생각하면 부끄럽지만, 아무것도 모르던 나는 비로소 '내면'이라는 말을 알게 되었고, '잔잔하다'는 말의 뜻을 속으로 삭이고 있었다.

당시 내가 다니던 학교에는 젊은 시인 이희철 선생님이 국어를 담당하고 계셨다. 이희철 선생님은 당시 『문학예술』지에 목월 선생님께서 신인으로 추천을 하셨던 매우 섬세한 시를 쓰시던 분이었다.

나는 이희철 선생님의 「낙엽에게」를 좋아했고, 선생님을 통해 독일 시인 릴케와 만나려고 했다.

목월 선생님을 직접 뵙게 된 것은 한양대학교 문리대 국문과 연구실 앞 복도에서였다. 1960년 겨울이었다.

당시에는 국문과 교수실이 지금의 공학관에 있었다. 친구들이 공과대학에 다녔기 때문에, 친구들도 만나볼 겸해서 처음으로 한양대학교라는 곳을 찾아갔다. 학기 말이었던 것 같다. 그때 나는 개인적인 몇 가지 사정으로 고교를 마치고 집에서 놀고 있었다. 그러니까 요즈음의 재수생이었던 것이다. 의과대학을 가려고 시골집에서 시험 준비를 하고 있었는데, 왜 그때 서울로 갔었는지 자세히 기억나지 않는다.

아무튼 목월 선생님이 계시는 학교라는 점 때문에 그때, 한양대학교를 막연히 찾아 갔던 것 같다. 선생님께선 장발이셨고, 연구실 문을 열고 나오시면서 아시겠다는 듯이 내 머리를 쓰다듬어 주신 기억이 난다.

복도 창밖으로는 겨울 오후의 햇살이 바람 속에 스산했으며 캠퍼스는 상당히 황량했다. 선생님께선 바쁘셨던 것 같다. 한번 놀러 오라시며 어디론가 사라지셨다. 선생님을 처음 뵈온 것은 그러나 이희철 선생님 말고는 내가 이 세상에서 최초로 시인을 만난 일이기도 했고, 선생님이 내 이름을 기억해 주신 것이 여간 고맙지 않았다.

나는 1961년 봄에 한양대학교 공과대학 섬유공학과에 입학했다. 지금 생각하니까, 당시 내가 굳이 그 학교로 간 것은 선생님 때문이었던 것 같다.

의학을 못할 바에야 공학보다는 약학을 하고 싶었던 것이 그때의 내 생각이었고, 문학은 혼자 하는 것이라는 생각 때문에 약학과 공학을 놓고 망설이고 있었다. 약학대학이 아니라 공과대학을, 그것도 한양공과대학을 지원한 것은 혹시 그 학교에 가면 선생님을 좀더 자주 뵈올 수 있지 않을까 하는 생각 때문이었음이 솔직한 고백이다.

공과대학 1학년 여름에서 겨울까지 인문관 국문과 연구실로 시 원고를 들고 선생님을 자주 찾아갔다. 선생님 책상에 원고를 놓고 나올 때가 많았지만, 선생님께선 글씨가 이게 뭐냐고도 하셨고, 좀더 간결하에 언어를 압축하라고도 하셨다. 또 프로스트를 읽어 보라고도 하셨다. 그 무렵 나는 발레리 시집을 번역판으로 읽고 있었다. 그래서 선생님께 발레리에 대해 여쭈어 보니, 선생님께선 발레리는 공허하니 프로스트 같은 시인이 어떻겠느냐고 하셨다.

겨울 방학을 보내고 상경했을 때, 선생님께선 그 무렵 서울로 직장을 옮기신 이희철 선생님을 통해 내 소식을 물었던 것 같다. 선생님께선 나에게 아무 말도 안 하신 채『현대문학』에 내 시『낮』과『시』를 신인작으로 추천하신 것이었다.

　최초로 내가 문예지에 시를 발표한 것과, 최초로 학생 잡지에 발표한 것과, 최초로 산 시집 모두는 박목월 선생님을 핵심으로 했다. '이것은 내 생에 어떤 의미를 주는 것인가.'

　이는 이승훈의 글에서 뽑은 것이다.

　한편 이건청은 다음과 같이 추모하였다.

　고등학교 2학년 때인 1950년 신창동의 낡은 2층집으로 선생님을 찾아갔다. 문예 발표 행사에 선생님을 모시기 위해서였다. 9월 말의 달 밝은 밤이었다.

　그날 사십 대 초반이셨던 선생님을 뵙게 된 것은 나로서는 하나의 사건이 아닐 수 없다. 그때 한 위대한 시인의 체취 같은 것에 접할 수 있었고, 나는 시인이 되지 않으면 안 된다는 어떤 숙명감 같은 걸 느꼈던 것이다.

　그 후 선생님의 품 안을 떠나본 적이 없었다. 선생님을 따라 선생님이 계신 대학에 갔고, 선생님 밑에서 오랜 습작기를 거쳤으며, 선생님의 추천으로 시단에 나왔고, 선생님의『심상心象』 창간에 관여하여 오늘까지, 그리고 대학원의 지도 교수로까지, 말하자면 선생님은 내 인생의 지표였다. 그리고 선생님의 품 안에서 늘 나는 행복하였다.

　내가 두 아이의 아버지가 된 지금까지도 "이놈아, 네 대가리가 겨우 이거냐!"『심상』견본을 제본소에서 가져다 보여드리면 스스럼 없이 말씀하시곤 하셨다.

어렸을 때부터 20여 년간 지켜 봐주신 선생님에게 나는 언제나 소년으로 비쳤고, 그렇게 봐 주시는 선생님에게서 나는 육친의 정 같은 걸 느끼곤 하였다. 때문에 그렇게 스스럼 없는 선생님의 말씀 속에서 자애로움을 느끼곤 했었다.

운명하시기 전날인 23일 오후 2시 한양대학교 문리대 학장 실에서 뵈온 선생님은 매우 진지하신 표정이셨다. 그리고 시인 에게 작품밖에 남는 게 뭐가 있겠느냐는 말씀을 하였다. 영원한 건 시라고도 하셨다. 그리고 "이제 작품으로서의 마지막 승부를 걸어야 할 때가 왔다"고도 하셨다. 그렇게 말씀하시는 선생님의 말씀 속에는 결연한 의지 같은 게 서려 있었다.

시인이 천분을 타고 난다는 사실은 가장 복 받은 일이 아닐 수 없다. 그런 천분이 작품으로 승화되어 나타날 때 우리는 '위대하다'는 형용사를 감히 붙일 수 있다. 그런 '위대한' 시인이 선생님이셨다. 그럼에도 운명을 불과 20여 시간 앞에 두고도 '마지막 승부'에의 집념을 보이셨다.

그날의 선생님은 미력한 제자를 걱정해 주시기도 하였다. "심상 만들어 내느라고 그동안 욕도 많이 먹었지. 지내놓고 보면 아무것도 아닌 일들을 가지고……."

잡지 만들어 내는 과정에서 듣게 되는 밖으로부터의 질책, 그런 것들을 걱정해 주시는 것이었다.

자리를 뜨면서 "다시 들르겠습니다."라고 말씀드리니, "또 와라." 말씀하시며 학장실 밖에까지 나와 주시었다.

그날엔 모처럼 바람도 불지 않는 따스한 봄날이었다.

그리고 24일 오전 9시 30분경, 임종하신 선생님을 마지막으로 뵈었다.

김용범은 목월의 마지막 강의를 이렇게 적어 놓았다.

일상 접하는 외계의 사물은 우리의 머릿속에서 개념에 의하여 정리 구분되고, 그 구분의 하나하나에 색인을 붙여서 어떤 것이든 어느 구분 속에 수납하게 되는 것이다. 하지만 어느 개념에도 넣을 수 없는 그야말로 형용할 수 없는 것을 대하게 되면 우리 다 심연에 직면한 듯한 공포를 느끼게 되는 것이다.

개념 이전의 세계는 형용할 수 없는 것의 연속으로서 악몽과 같은 세계이다. 이와 같은 혼돈의 세계를 개념으로 정리 구분하여 하나하나에 구호를 붙인 것이 언어의 상징이며, 말하자면 인간의 정신이 미로에 방황하지 않도록 만들어진 지도와 같은 것이다. 이 지도에 따라서 인간은 생활하게 되는 상징적 동물이며, 만일 이 지도에 의하지 않고 그것에 접하게 된다면, 그곳에는 정체를 잡을 수 없는 혼돈만이 있을 뿐이다.

그렇다면 언어란 궁극적으로 무엇인가? 그것은 사물의 공통적인 특성에 주어진 이름이며, 시란 바로 이 언어 중에서도 미적 가치를 가진 언어로 이루어지는 예술인 것이다.

이것이 정확히 3월 18일 나의 노트에 기록된 목월 선생님의 마지막 강의 내용이다. 그 이후의 여백의 노트를 넘기며, 문득

"김군, 문학이란 무엇인가?"

그런 막연한 질문 하나가 내게 주어진 것 같다. 혹은 세실 데이 루이스의 『인문서』 한 권을 새로 보라고 하신 것 같다.

이제는 우리의 여백의 노트를 넘기며 낡은 초록 우단의 구식 소파가 길게 놓인 옛날 연구실의 선생님을 기억해야 하는가? 묵묵히 향나무 연필을 깎으시던 백발이 성성한 아름다운 사람을 기억해야 하나.

아무렇게나 학생들의 리포트가 쌓여 있고, 마음이 편할 만큼 적당히 산만한 작은 연구실에서 손수 커피를 끓이시며, 다음 강의 시간까지의 여유를 즐기시던 선생님을 우리만의 기억 속에서 되살려야 하는가.

내가 19살짜리 대학 1학년 때 턱없이 산만한 시들을 들고 찾아가던 그 연구실, 오늘은 빈 의자 하나가 비어 있으므로 더욱 견고하게 남아 버린 것이다.

"김군, 겨울이라 춥제."

답변하기 막막한 위로를 받던 육군 일등병 시절, "후배들이랑 배우니 어렵제." 하시며 조심스럽게 계단을 딛고 내려가시던 선생님의 뒷모습이 생생한데, 아무도 없는 인문관 536강의실의 빈 의자 몇 개, 혹은 한강이 내려다보이는 창문, 선생님은 아무에게도 간섭받지 않고 아무에게도 구속받지 않는 본향本鄕으로 떠나셨다. 마음속에 준비하고 계시던 그곳으로, 그리고 오늘 국문과 4학년 '현대시론' 시간이 하나 낮달처럼 비어 있다.

시인 박목월과 부인 유익순 씨

2

—

박목월의 시적 변용

변용의 주기

　박목월(1916~1978)은 시집 『무순撫順』(1976)의 후기에서
다음과 같이 쓰고 있다.

　첫 개인 시집 『산도화山桃花』(1954)를 출판한 이후로 필자는
5년을 하나의 주기로 시집을 정리해 오곤 하였다.

　그것은 전혀 의도적인 것이 아니고 어쩌다 보니 그와 같은
주기적인 자연스러운 순환이 베풀어지고, 그런 기회를 가질 수
있었던 것이다(중략).

　위에서 나는 5년을 주기로 시집을 내게 된 것을 "어쩌다 보니
그렇게 된 것"처럼 이야기하였다. 물론 시집을 낼 수 있는 객관적인
여건—출판사에서 시집을 내겠다는 제의라든가 그러한 것은
우연한 것일 수 있을지 모르나, 한 시인으로서 나 자신의 정신적인
면에서는 결코 우연한 것일 수 없었던 것 같다.

　말하자면 내가 관심을 가지고 추구한 주제나 세계가 5년간이
며, 어느 정도의 매듭을 짓게 되고, 그것이 한 권의 시집으로

결실을 보게 되면 새로운 세계로 옮아가지 않을 수 없는 일종의 필연성을 간직하고 있었던 것이다.

그러므로 5년간이라는 하나의 주기는 적어도 필자에게는 정신적 나아가서는 생리적인 지극히 자연스럽고 필연적인 순환이며 정신 성장의 그야말로 어쩔 수 없는 청산이요, 내면에 테두리 지어지는 나이테와 같은 것일 수 있었던 것이다.

5년간을 하나의 주기로 하여 시적 변용變容이 찾아온다는 박목월의 술회를 뒷받침하듯이 그의 시집은 몇 번의 예외를 빼놓고 거의 5년마다 하나씩 발간되었다.

박두진·조지훈과의 합동시집 『청록집』(1946) 『난·기타』(1959) 『청운』(1964) 『경상도의 가랑잎』(1968) 『무순』(1976)이 나왔는데, 『청록집』과 『산도화』의 간격이 8년이나 되는 까닭은, 그 사이에 6·25전쟁이라는 격변이 있어 차분하게 시를 쓸 겨를이 없었고, 출판 사정도 여의치 못했던 탓으로 본다.

한편 『경상도의 가랑잎』과 『무순』 사이의 간격이 역시 8년이나 되는 이유를 목월은 『무순』의 후기(중략 부분)에서 다음과 같이 말하고 있다.

그러나 68년 『경상도의 가랑잎』을 출판한 후로 이와 같은 기회를 상실하고 말았다. 만일 지금까지의 주기적인 그것에 따르면 73년에 시집이 나왔어야 했다. 또한, 그런 여건도 마련되어 있었다.

『현대시학現代詩學』에 연재한 「사력질砂礫質」이 끝나고, 그것을 주축으로 시집을 낼 수 있었다. 그럼에도 필자의 성의 부족이랄까, 시집에의 집념이 약한 탓이랄까, 어떻든 시집 제목까지 정해놓고 원고를 정리하는 단계에서 유야무야 되고 그 후로 여러 권의 시선집에 분산 수록하였을 뿐 하나의 단행본으로 정리할 기회를 놓쳐 버렸다.

이제 와서 생각해 보니, 그것은 시인으로서 나 자신의 크나큰 태만이요, 과오요, 실수였다. 왜냐하면, 새삼스럽게 시집으로 정리하려 하자, 한 권의 시집으로서 동일성을 가지기가 무척 지난한 사실을 절실하게 경험하였기 때문이다.

박목월은 '5년간이라는 하나의 주기'에 맞추어 또 다른 시집을 펴내지 못하고 『경상도의 가랑잎』 이후 8년 만에 『무순』을 발간하게 된 것을 변명하고 있다.

아무튼 그는 자신의 시적 변용에 무척 신경을 쓰고 있다. 시인이 자신의 시적 변용에 대해서 관심을 갖는다는 것은 당연한 일로 여겨지나, 이 세상의 시인 중에 성장을 위한 범용을 전혀 의식하지 않고 그때그때 시 청탁을 받는 대로 데뷔작의 시적 분위기에서 한 걸음도 벗어나지 못한 채 시를 쓰고 있는 사람이 뜻밖에도 많다는 사실을 생각할 때 목월이 나타내고 있는 시의 변용에 대한 관심은 그 나름대로 하나의 문젯거리가 된다고 본다.

초기 작품을 모은 『산도화』에서는 자연을, 『난·기타』에서는 인간을, 이어 『청운』에서는 생활을 노래했지만, 이건 필연적으로 성장해 가는 과정이라고 자위한다. 앞으로 좀 더 시와 인간이

밀착된 지혜로운 세계를 탐구해 나가야겠다고 목월은 자신의 변용 과정을 돌이켜 보고 있다.

김광림은 "대체로 씨의 시작 과정을 형태상으로는 2기로, 내용 면에서는 3기로 나눠서 생각할 수 있다. 이를테면 초기 작품을 모은 『산도화』에서는 민요조의 가락에 집착해 있었지만 『난·기타』 이후에는 이미지에 보다 관심하여 때로는 초기의 안정을 찾아볼 수 없으리만큼 끈질긴 시험을 지속하고 있다. 이 실험은 이번의 『청운』서도 여전하지만 언어의 함축과 이미지의 심도를 가하면서 모색되고 있는 흔적이 두드러져 있다. 그러나 내용 면으로 따져 들면 씨의 말따나 『산도화』에서는 인간을, 『청운』에서는 생활을 노래하고 있는 것을 알 수 있다."고 하였다.

정한모는 "목월은 『산도화』 『난·기타』 『청운』 등의 시집을 엮어내는 동안 누구보다도 시 표현에서의 한국어의 가능성을 모색하고, 또 충분히 그 길을 타개해 온 시인이라고 할 수 있다. 자연에서 돌아와 생활이나 인생 속에서 그 연륜과 더불어 깊이 있게 파고들어 가면서 평범한 일상적 사상事象 속에서 시를 발견하고 일상어를 시의 언어로 훌륭히 바꾸어 놓기도 하고 그 묘사의 묘를 새로 살리기도 하여 새로운 리듬을 신선하게 들려주기도 하였다."고 말하고 있다.

박목월 자신의 술회나 비평가의 판단이 거의 일치하고 있는 점으로 미루어 '5년간이라는 하나의 주기'에 따라 변모한 박목월 시의 특징에 대해서 더 이상 거론할 필요가 없을 것으로 믿어진다.

그러나, 그렇다고 하더라도『청록집』『산도화』에서 자연을
노래했다면, 어떤 자연을 어떻게 노래했느냐, 『산도화』에서는
어떤 인간을 어떻게, 『청운』에서는 어떤 생활을 어떻게 노래했
느냐, 그리고 아직 이렇다 할 평가가 내려지지 않은『경상도의
가랑잎』과『무순』에서는 무엇을 어떻게 썼느냐 하는 것을
살펴보지 않을 수 없는 것이다.

출발의 의미

　　흔히 박목월을 논할 때 '청록파'의 한 사람으로서 위치를 고정시켜 놓고 있다.

　　조연현은 "……세칭 청록파로서 알려진 박두진·박목월·조지훈 이 세 시인은 『문장文章』의 추천을 통하여 시단에 등장한 신진들로서 해와 달, 산과 나무 등 주로 자연을 시의 중요한 제재題材로 삼고 나온 데 그 특색이 있다."고 하였으며, 정한모는 "1938년에서 그 이듬해에 걸쳐 『문장』 추천을 거쳐 나란히 등단한 삼가시인三家詩人의 앤솔로지 『청록집』이 1946년 6월 간행됨을 계기로 청록파란 명칭이 정립되었다. 이름만의 유파가 아니라 우리 시사詩史를 통틀어 이만큼 공통된 생태와 특질을 추출할 수 있는 유파는 지금껏 없었던 것이다."라고 말하고 있다.

　　윤석중은 비교적 구체적으로 청록파의 유래를 설명하고 있다. "세상에서 청록파로 일컫게 된 지훈·조동탁(당시 26세)과 혜산兮山 박두진(당시 30세)과 목월·박영종(당시 30세)의 시를 모아 『청록집』이라 이름 지어 을유출판사에서 내놓은 것은 1946년 6월

6일, 장정에 김용준), 소묘에 김의환, 국판 갱지 114면짜리 얄팍한 시집이었는데, 그들을 시단에 올려 준 지용의 시집『백록담白鹿潭』을 연상하여『청록집』이라 이름 붙인 것이다."

박목월이 조지훈·박두진과 함께『청록집』을 펴낸 것을 계기로 하여 그 청록파의 한 사람으로서 고정시켜 놓는 데 대해서는 아무도 이의를 내세울 사람이 없을 것으로 안다. 그러나 청록파를 하나의 유파로 생각하고 목월에게 유파 한 사람으로서의 위치를 부여하면서 평가하려는 견해는 온당하지 못하다고 본다. 한마디로 청록파는 유파가 아니기 때문이다.

유파란 문학의 근본적인 방향을 규정하는 이념을 내 걸고 몇 사람의 시인·작가·비평가가 모여서 이루는 이념 공동체를 말하거니와 그러한 유파를 20세기 초기에 접어들어 유럽 문단에서 흔히 찾아본다.

용기·대담·반항을 시의 본질적 요소로써 삼아 새로운 세계미世界美, 다시 말하면 속력의 미를 확인하고, 모든 종류의 아카데미를 파괴하는 것을 목적으로 하여 마리네티F.J. mari- netti를 비롯한 몇몇 시인들이 미래파未來派(futurism)라는 이름을 내 걸고 모인 것은 1909년의 일이다.

다다파dadaism 역시 1916년 스위스에서 재래의 예술상의 관습과 사회조직을 무시하고 "다다이스트는 모두 다 각자의 탈을 쓸 자유를 가지고 있다. 모든 사람은 어떠한 예술 파벌에도 속해 있지 않으므로 자신 의 예술을 대표할 수 있다"는 신조를 내걸고 여러 사람이 모여서 이룬 일종의 공동체이다.

입체파cubism도 그렇고, 초현실파surrealism도 그런 의미의 이면 공동체이다. 이에 반해서 청록파는 어떤 이념을 내 걸고 문학성의 공동 작업을 하기 위해 모인 공동체가 아니라, 같은 시기에 같은 문예지를 통해서 세 사람이 다 같이 한 시인. 곧 정지용에 의해 시단에 등단한 사실을 해방의 기쁨속에 재확인하고 합동 시집을 발간한 데서 연유한 것에 지나지 않는다.

따라서 청록파는 『창조』 『폐허』 『백조』 동인처럼 동인지 성격 의 잡지를 여러 달에 걸쳐 발간하는 가운데 의기 투합하고 있는 것도 아니다.

청록파 시인 중에서 박두진은 1939년 6월 『문장』 지에 「향현 香峴」 「묘지송墓地頌」이 추천되었고, 조지훈은 같은해 3월호에서 「고풍 의상古風衣裳」으로 첫 추천을 받았다. 이어서 박두진은 같은해 9월에 「낙엽송落葉頌」이 두 번째로 추천되었다. 같은 9월 박목월의 시 「길처럼」 「그것은 연륜이다」가 첫 추천을 받았다.

1939년 12월에 조지훈의 「승무僧舞」가 두 번째로, 박목월의 「산 그늘」도 두 번째로 추천되었고, 같은 해 2월에 조지훈의 「봉 황수」가, 9월호에 박목월의 「가을 어스름」 「연륜」이 3회 추천 되었다.

이와 같이 박목월 · 박두진 · 조지훈과 같은 시대, 같은 상황에 서 시를 쓰고 동일한 추천자 정지용에 의해 발탁된 것을 기념하여 합동 시집 『청록집』을 발간한 것이다. 따라서 그들은 앞으로의 한국 문학의 방향을 제시하거나 문학상의 새로운 실험을 시도 하기 위해서 공동보조를 취하고자 합동 시집을 낸 것은 아니다. 그런 점에서 청록파는 유파가 아니다.

이렇게 볼 때 박목월을 검토할 경우—박두진 · 조지훈도 마찬가지지만—청록파의 한 사람이라는 고정 관념에 사로잡힐 필요가 없다. 아니, 목월은 어디까지나 박목월 단독으로 출발해서 성장한 시인이다.

박목월과 박영종은 같은 사람이건만, 나에게는 각기 다른 사람으로 생각이 들었다. 목월을 만나면 영종의 안부를 물으려고 들었으니까…… 내가 영종을 안 것은 1932년으로부터 그해 섣달 치부터 어린이 종교잡지 『아이생활』 독자 작품을 뽑게 되었을 때, 함경도 홍원이 고향인 소천小泉 강용률과 경상도 건천이 고향인 그가 한 묶음 동요를 지어 보내왔는데, 별로 눈에 띄는 작품이 없다가 1933년 봄에 방정환이 남기고 간 『어린이』 잡지를 개벽사에 들어가서 내 손으로 꾸며 내게 되었을 때 영종이 보내온 「통딱딱・통딱딱」이라는 동요를 잡지 첫머리에 4호 활자로 짜서 두 면에 벌려 대문짝만하게 내주면서 편지로 사귀게 되었다. 내 나이 스물두 살 때였으니, 다섯 살 터울이니까 그는 열일곱 살이었을 것이다. 뜻하지 않은 후대를 받은 영종은 동요 창작에 몰두하였고, 짓는 족족 나에게 부쳐 왔으며 연달아 잡지에 실리게 되었다.

윤석중은 위와 같이 말하고 있다. 그의 말은 박목월이 시인으로 데뷔하기 훨씬 앞서 소년 시절에 이미 동요 시인으로 활약하고 있었다는 증언이기도 하다.

사실상 박목월의 동시 시인 경력은 한국 아동문학사에 기록될 만하다. 1933년 윤석중 편집의 『어린이』에서 동시 「통딱딱・통딱딱」이 특선되었고, 『신가정新家庭』에서 「제비맞이」가 당선

(1933)된 후 많은 동시를 써 왔다. 성인시成人詩를 쓰는 동안에도 아동문학에 대해서 깊은 관심을 나타냈다. 아동잡지『아동문학』(1946. 7)『동화』(1947)의 주간主幹과 아동문학 이론지『아동문학』(1962)의 편집위원을 역임하기도 하였다.

한편『동시의 세계』(1963)『소년소녀 문장독본』(1968) 등의 저서를 내고 있다.

코끼리야, 코끼리야
참말로 뭘 생각하니?

ㅡ아가, 참말로 내가 꾸는 꿈은
소내기 가셔 가는 아프리카의
비단 양산 은은한 초록 하늘에
참으로 꽃송이처럼 가벼운
공주님의 꽃수레이지
ㅡ꽃수레를 몰고
어딜 다녔니?

ㅡ금가루 빛나는 햇빛 성문 앞에서
은가루 빛나는 달빛 성문으로 갔지.
　ㅡ「코끼리야 코끼리야」

어린이의 아름다운 환상을 담은 이러한 동시 외에도 박목월은 향토적인 정감을 눈에 선하게 펼쳐준다.

옛날 촌역村驛에
가랑비 왔다.
초롱불 희미한 밤
초롱은 종이 초롱
하얀 역驛초롱
모량역毛良驛 세 글자
젖어 뵈는데
옛날 촌역에
가랑비 왔다.

땡볕 나는데
오는 비
여우비

시집가는 꽃가마에
한 방울 오고,
뒤에 가는 당나귀에
두 방울

오는 비
여우비
쨍쨍 개었다.

박목월은 자신의 동시에 대해서 다음과 같이 밝히고 있다.

보다시피, 내 동시는 이미지의 범람으로서 회화적이고 감각적인 면을 중시한 사실을 알게 되리라. 그러나 동시도 시가 되어야 하며, 아기를 위한 것이라기보다 자기의 깊은 내부에서 우러나오는 필연한 갈구의 정신이 느끼고 꿈꾸는 자기 세계의 발현으로써, 다만 그것이 동심적인 단순성과 소박성과 사물에 대한 직감적인 강한 힘이 깃들었을 경우, 또한 언어 표현에 아기들의 이해를 자아낼 수 있을 범위 안에서 표현되었을 경우, 동시가 시와 구별되는 것이라 믿었던 것이다.

박목월의 동시가 그 자신의 해명대로 이미지의 범람으로서 회화적이고 감각적인 효과를 거두고 있는 것이 사실이나, 그것은 어린이의 더 없는 상상력을 충족시켜 주기 위한 어쩔 수 없는 시적 조작이 아닐 수 없다.

이재철은 박목월의 동시의 장점을 어휘의 능숙한 구사에서 찾아보고 몇 가지 특징을 들고 있다.

①의성어의 시각적 효과를 노린 것.
(23 23.999,888)
②모음의 삽입으로 어조의 부드러움을 노린 것.
(하안다. 소오록, 꼬오박. 소웃고, 주우고, 가았네, 자아네, 가아자)
③구체적인 지명·동물명·국명을 사용함으로써 절대적 이미지를 형성한 것.
(모량역, 인도, 제주도, 마르세이유, 성 미하엘, 얼룩말, 도마뱀,

삼성사, 남산골)

④의성어, 의태어의 효과적 사용.

(옹기종기, 아기자기, 말끔하고 새초롬한 하이힐, 이리댓둑 저리댓둑, 오콩콩, 오돌돌, 아삭아삭, 휑)

그리하여 이재철은 아동문학에 끼친 박목월의 자취를 이렇게 요약하고 있다.

①그는 본격적 동시의 출현(1937년 이후)에 획기적 이정표를 세웠다.

②그의 동시는 동화적 환상성과 회고적 향토성이 짙으며 이미지 형성이 중시되고 있다.

③그의 작품에서 느껴지는 아동은 향토적, 자연적 아동에서부터 도회적, 생활적 아동으로 점차 변모해 왔으나, 그 중심이 되는 것은 역시 소박한 향토적 아동이다.

④그의 시는 목가적 릴리시즘에 기저를 두고 영롱한 빛을 발하며, 구조면 대상면에서 많은 변모를 거듭해 왔다.

이상과 같이 박목월은 아동문학사에 이름을 남길 정도의 작업을 이미 소년 시절에 하고 있었는데도 불구하고 정확하게 말해서 1939년 9월, 23세 때부터 성인 시를 쓰게 되었으니 그 내적 동기는 무엇일까. "아동문학에서 일반적인 시로 자기 탈피를 하게 된 것은 1939년 9월 『문장』지에 추천을 받고서부터이고, 자기 탈피의 동기는 동시로서는 내적인 충족을 기할 수 없었기 때문이다"라고 목월 스스로 그 동기를 밝히고 있다.

앞서 말한 것처럼 「통딱딱 · 통딱딱」「제비맞이」로 동시 시인이 된 것이 1933년 17세 때라면, 그때는 이미 아동기를 벗어난 소년기이기는 하나 섣부른 성인보다는 동시에서 내적인 충족을 기하기에 걸맞은 나이이다.

그러나, 나이가 20세를 넘어감에 따라 생활 체험의 반경이 넓어짐으로써 사고 내용이 이전과 판이하게 달라져 그로서는 도저히 그 사고 내용을 동시로 표현하기에는 벅차다는 사실을 깨달았을 것으로 믿어진다. 그리하여 성인시成人詩를 지향하게 되었다고 본다.

목월 뿐만 아니라, 우리 나라에는 목월과 비슷한 이유 때문에 동시를 쓰다가 성인시를 쓰게 된 시인, 동시와 성인시를 병행해서 쓰고 있는 시인이 여러 사람 있다.

장수철 · 임인수 · 박화목 · 김요섭 · 석용원 등이 그 대표적 예이다.

그렇다면, 목월이 아동문학(동시)에서 일반적인 시로 자기 탈피를 했다면, 동시에서 보여준 작시상作詩上의 특징을 완전히 지워버리고 일반적인 시로 넘어갔을까? 동시 특유의 조건을 깨끗이 포기하고 시를 썼을까.

머언 산 구비구비 돌아갔기로
산 구비마다 산 구비마다
절로 슬픔은 일어……

뵈일 듯 말 듯한 산길
산울림 멀리 울려 나가다
산울림 홀로 돌아 나가다
……어쩐지 어쩐지 울음이 돌고

생각처럼 그리움처럼
길은 실낱같다.
가슴에 백여서 자랐다.

질 고운 나무에는 자줏빛 연륜이
몇 차례나 감기었다.

새벽꿈이나 달그림자처럼
젊음과 보람이 멀리 간 뒤
……나는 자라서

마치 세월도 사랑도
그것은 애달픈 연륜이다.

위의 작품은 동시에서 탈피해서 쓴 첫 번째의 시이다. 다시
말하면 정지용에 의해 첫 추천을 받은 작품이다.
박목월 자신은 「길처럼」에서 "뵈일 듯 말 듯한 가냘픈 산길은
나의 내면으로 뻗친 이십 대 초반의 지극히 서정적인 오솔길이었던
것이다.

그리하여 그것을 중심으로 첫 연은 산모퉁이를 굽이굽비 돌아가는 고적감과, 둘째 연은 나 자신의 목소리가 골짜기에 울림되어 되돌아오는 산울림의 공허감을 노래한 것이다. 이 고독과 공허감을^(생각처럼 그리움처럼 길은 실낱같다) 사모의 세계로써 감싸 안은 것이다. 이 마지막 연에서 생각과 그리움을 1행에 병행 결합한 것은 사랑 愛^애와 생각 思^사를 같은 사랑의 개념으로 받아 들였기 때문이다"라고 해설하고 있다.

그러한 내면적인 동기에 의해 쓰여졌다 하더라도 이 시는 20대 초반의 감상을 그대로 유출해 놓은 것에 지나지 않는다. 그 당시 박목월은 절실한 심정에서 이 시를 썼는지 몰라도 결과적으로 나타나 있는 것은 강한 고뇌보다도 20대라면 누구나 흔히 느끼는 감상이다.

그는 그 감상을 '절로 슬픔은 일어……' '……어쩐지 어쩐지 울음이 돌고' '생각처럼 그리움처럼' 하고 그대로 노출하고 있다. 감상적인 사람은 자신이 활력감 있게 움직이기를 바라지 않는다. 그저 혼자 있기만을 바라거나, 아니면 자신의 슬픔을 누군가 나타나서 느긋하게 어루만져 주기를 기다릴 뿐이다. 목월은 바로 그런 상태에서 이 시를 썼다.

이 시는 그러한 감성의 유출에도 불구하고 하나의 수준을 유지하고 있다. 그 이유는 적절한 반복에 의해서 리듬 효과를 자아낸 데 있다.

'산 구비마다 산 구비마다' '산울림 몇 리 울려나가다' '어쩐지 어쩐지' '생각처럼 그리움처럼' 하고 감정을 고조시키기에 알맞은 반복으로 리듬 효과를 나타내고 있다. 그의 소년기의 동시하고는 전혀 별개의 서정시이다. 요컨대 동시의 흔적을 전혀 남기지 않고 있다. 그런 점에서 「길처럼」은 동시에서의 탈퇴 선언을 뜻하는 시라고 할 수 있다.

그는 얼마 후 「그것은 연륜이다」이라는 제목으로 개작했다.

슬픔의 씨를 뿌려놓고 가시내는 영영 오지를 않고……
한해 한해 해가 저물어 질고운 나무에는 가느른 피빛 연륜이 감기였다.
(가시내사 가시내사)

목이 가는 소년은 늘 말이 없이 새까만 눈만 초롱초롱 크고…… 귀에 쟁쟁쟁 울리듯 차마 못 잊는 웃녘 사투리 연륜은 더욱 새빨개졌다.
(가시내사 가시내사)

이제 소년은 자랐다. 구비구비 흐르는 은하수에 슬픔도 세월도 흘렀건만…… 먼 수풀 질고운 나무에는 상기 가느른 피빛 연륜이 감긴다……
(가시내사 가시내사)

「그것은 연륜이다」와 비교해서 박목월은 "후자가 전자보다 나은 것 같지도 않다. '귀에 쟁쟁쟁 울리듯 차마 못 잊는'이라는 구절에서 '……듯'에 실리게 되는 호흡의 굴절과 감동의 기복이 세련된 인상을 주지만, 작품으로서는 원작이 비록 제목이

거추장스럽기는 하여도 한결 이미지가 선명하게 살아나는 것 같다"고 말하고 있다.

작자 자신의 해명에도 일리는 있으나 「그것은 연륜이다」는 연륜과 별개의 시이다. 왜냐하면, 「그것은 연륜이다」는 '사랑'을 이미 지나가 버린 하찮은 것으로 생각하고 '나는 자라서 늙었다'—이렇게 사랑을 잃은 슬픔에서 벗어난 지 벌써 오래라고 자처하면서 어른스럽게 쓰고 있는 데 비해 「연륜」은 '슬픔의 씨를 뿌려놓고 가버린 가시내는 영영 오지를 않고……' 하면서 가버린 처녀에 대한 미련을 그대로 간직한 채 '(가시내사 가시내사)' 하고 연마다 불러대고 있기 때문이다.

「그것은 연륜이다」는 「길처럼」과 비교할 때 감상이 여과되어 있고, 「연륜」보다도 훨씬 안정되어 있다.

정지용은 「산그늘」을 두 번째로 추천하면서 다음과 같이 쓰고 있다.

민요에 떨어지기 쉬운 시가 시의 지위에서 전락되지 않았습니다. 근대시가 노래하는 정신을 상실치 아니하면 박군은 서정시를 얻을 것으로 생각합니다. 충분히 묘사적이고 색채적이기도 합니다. 이러한 시에서 경상도 사투리를 보유할 필요가 있는 것입니다. 「산그늘」은 서정시가 제련되기 전의 석금石金과 같아서 돌이 금보다 많았습니다. 서정시에는 말 한 개 밉게 놓이는 것을 용서할 수 없습니다.

장독 뒤 울 밑에

모란꽃 오무는 저녁답
과목樆木 새순 밭에
산 그늘이 내려왔다.
워어어임아, 워어어임

길 잃은 송아지
구름만 보며
밟고 갔나베
무찔레밭 약초길
워어어임아, 워어어임

휘휘휘 비탈길에
황토 먼 길이사
피 먹은 허리띠
워어어임아, 워어어임

젊음도 안타까움도
흐르는 꿈일다
애달픔처럼 애달픔처럼 아득히
상기 산그늘이 내려간다
워어어임아, 워어어임

  박목월은 선자選者의 평에 대해서 뒤늦게 약간의 불만을 토로
하고 있다.

과연 선자의 말대로 「산그늘」이 시적인 지위에서 떨어지지
않았다면, 그것은 민요의 보편적인 서정성을 내면적인 면에서
내성적인 그것으로 파악하였기 때문이다. 또한, 그가 지적한대로
3·4연은 '충분히 묘사적'일 수 있으나, 그렇다 하여도 단순한
객관적인 묘사에 시종한 것도 아니다.

이 작품의 중심은 '애달픔처럼 애달픔처럼 아득히 상기 산그
늘이 내려간다'는 마지막 연이다. 산그늘이 산 자체에서 일어나,
기슭 으로, 기슭의 보리밭으로, 모과목 새순밭으로 그리고,
마을에 이르러 모란꽃이 오무는 뒤안을 덮고, 이윽고 건넛마을로
강물 처럼 흐르는 그것이야말로 '젊음도 안타까움도 꿈처럼
흐르는' 흐르는 것의 애달픔이요, 슬픔이기도 하였다.

이러한 불만과 자기 시에 대한 애착을 이해한다 하더라도 이미
활자화된 작품에 대한 평가는 제3자만이 가능하다. 그런 점에서
선자의 평에 비추어서 작품을 검토해 볼 필요가 있다.

"민요에 떨어지기 쉬운 시가 시의 지위에서 전락되지 않았습
니다."고 한 정지용의 말은 결국 「산그늘」이 자칫했더라면 민요
에 떨어질 뻔했다는 뜻이며, 시가 '묘사적이고 색채적'인 데다가
군데군데 '경상도 사투리'가 섞여 있어서 그렇게 느껴진다는
것이다.

먼저 '묘사적이고 색채적'이라는 점에 대해서 목월은 3·4연이
'충분히 묘사적'일 수 있다고 했으나 사실상 '묘사적이고 색채적'인
면은 어느 부분이 아니라 시 전체에 걸쳐 있다. 그런 점에서 정지
용의 지적은 정확하다.

그러나 민요에 떨어질 뻔했다는 점에 대해서는 문제가 있다. '저녁 무렵'을 '저녁답'으로 '갔다'를 '갔나베'로 '먼길'을 '먼길이사'로, '꿈이다'를 '꿈일다'로 경상도 사투리로 변형시키고 '워어어임아, 워어어임' 하고 경상도 특유의 의성어, 즉 멀리 송아지를 부르는 소리를 후렴으로 달아놓고 있다.

이 시는 어느모로 보나 저녁 무렵의 농촌 풍경을 서정적^{敍景的}으로 다루고 있을 뿐 민요적인 톤은 전혀 자아내지 않고 있다고 강조하고 싶다.

민요란 농촌 지방의 특유한 생활 상태와 자연 풍토에서 빚어진 노래이긴 하나, 생활 상태나 자연 풍토 그 자체를 노래하고 있는 것이 아니라, 그 속에 사는 민중의 애환을 노래하고 있는 것이다.

그러나 「산그늘」에는 민중의 표정이라곤 어느 구석에도 들어 있지 않다. 다만 경상도 어느 마을의 정경이 들어 있을 뿐이다. 그런 점에서 민요풍은 결코 아니다. 그렇다면 이 시의 기조를 이루고 있는 것은 무엇일까. 한 마디로 박목월이 이미 탈피를 선언한 바 있는 동시의 흐름이 투영되어 있다고 본다.

앞에 든 바와 같은 동시에 나타난 향토적 이미지와 의성어를 목월은 어느새 서정시에서 다시 활용하고 있는 것이다. 우리는 이미 앞에서 동시 「가랑비」와 「여우비」를 읽었지만, 바로 그 그림자가 산그늘에 드리워져 있는 것이다.

'길 잃은 송아지/구름만 보며 초저녁 별만 보며' '휘휘휘 비탈길에/저녁놀 곱게 탄다'의 이미지라든가, '워어어임아, 워어어임'의 의성어는 동시적인 순수한 분위기를 보인다. 다만 4연만이 20대의 감상을 음률적으로 표현하고 있다.

그러면, 제3회 추천 작품 「가을 어스름」에서 찾아볼 수 있는 것은 무엇일까.

　　서늘한 그늘 한나절
　　저물은 무렵에
　　머언 산 오리목 산길로
　　살살살 날리는 늦가을 어스름

　　숱한 콩밭 머리마다
　　가을바람은 타고
　　청석 돌담 가으로
　　구구구 저녁 비둘기

　　김장을 뽑는 날은
　　저녁밥이 늦었다.
　　가느른 가느른 들길에
　　머언 흰 치마자락
　　사라질듯 질듯 다시 뵈이고
　　구구구 구구구 저녁 비둘기

　　정지용은 이 시를 뽑고 나서 3회에 걸쳐 본 목월의 시에 대한 종합적인 강평을 다음과 같이 하고 있다.

　　북에는 소월素月이 있었거니 남에 박목월이가 날만하다. 소월이 툭툭 불거지는 삭주구성조^{朔州龜城調}는 지금 읽어도 좋더니 목월이 못지 않아 아기자기 섬세한 맛이 좋다면 요조^{謠調}에서 시에 발전하기까지 목월의 고심이 더 크다.

소월이 천재적이요, 독창적이었던 것이 신경 감각 묘사까지 미치기에는 너무나 민요에 시종하고 말았더니, 목월이 요적^{謠的} 대상 연습에서 시까지의 컴포지션에는 요^謠가 머뭇거리고 있다. 요적 수사를 충분히 정리하고 나면 목월의 시가 바로 조선 시^{朝鮮詩}다.

정지용의 평가에 대한 검토는 잠시 미루고 「가을 어스름」의 시적 효과부터 따져보자. 이 시에 대해서도 목월은 해설을 붙이고 있다.

「가을 어스름」의 첫 연과 둘째 연은 가을의 풍경을 간결하게 노래한 것으로 미흡한 구석이 없는 것 같았으나 제3연은 '…늦었다'로 호흡을 늦추어 버린 것이 산만한 느낌을 주게 된다는 뜻이다. 하지만 주변에서는 제3연이 가장 인상적이라는 말을 들었다. 한국적인 이미지가 실감 있게 살아난다는 것이다.

그러나 여기서 박목월은 이 시에 나타난 자신의 변용에 대해서 말하는 것을 잊고 있다.

이 시에서 첫째 눈에 띠는 것은 경상도 사투리가 말끔히 가시어져 있다는 사실이다. 뿐만 아니라 「길처럼」에 나타난 감상어와 「그것은 연륜이다」의 '애달픈 연륜' 「산그늘」의 '애달픔처럼

애달픔처럼' 같은 말도 「가을 어스름」에서는 보이지 않는다. 다만 차분히 갈앉은 서정적 분위기만을 본다. 서경적敍景的인 이미지를 선명하게 나타내고 있다. 그렇다면 그러한 효과는 어떤 기교에서 왔을까. 그것은 결코 지용이 찾아본 민요풍에서 온 것은 아니다.

의태어 '살살살', 의성어 '구구구' 또는 '구구구 구구구'의 적절한 배열, 활음현상滑音現像의 언어 표현이라고 할 '서늘한 그늘' '가느른 가느른 들길' 등의 시구에다가, '머언 산 오리목 산길로' '머언 흰 치맛자락' 등 모음 삽입에 의한 장음화長音化의 시도 등에서 왔다고 본다.

이러한 목월의 표현 방법은 재래의 우리 민요에서는 찾아볼 수 없다.

잘도 한다.
단둘이
하더라도
열쯤이나
하는 듯이
　―「모래 타작」

하늘이가 높다더니
밤중 샛별이 중천에 떴네
하늘이야 높다구 해도
밤중 전에 이슬진다
　―「땅다지기」

하루이틀 자라나서 속잎이 자랐구나.
갈대잎을 저쳐놓고 속대잎을 도리다가
네모번듯 장도칼로 어슷어슷 쓸어넣고
영감의 쌈지 총각의 쌈지 한 쌈지 두 쌈지
─「담바귀 타령」

청산곳 마루에 북소리 나더니
금일도 상봉에 님 만나 보겠네
갈길은 멀구요 행선은 더디니
늦바람 분다고 성황님 조른다
─「몽금포 타령」

위에 든 4편의 민요 외에도 우리 민요는 수없이 많으나 어느
민요를 읽어 보아도 박목월 시의 원형이 될만한 표현 형식을
보이고 있는 것이 없다.
「가을 어스름」은 민요하고는 거리가 먼 시다. 그 표현상의
기교 역시 「산그늘」과 마찬가지로 동시에서 익힌 솜씨를 다시
활용한 것이라고 보아야 마땅하다.
그렇다면, 정지용이 목월의 초기 시를 민요풍의 시로 잘못 본
이유는 무엇일까. 아마도 시의 형식이나 효과가 민요의 그것과
흡사하다는 점에서가 아니라, 시 전체에 흐르고 있는 향토색 짙은
자연에서 민요의 원천 같은 것을 문득 느꼈기 때문이 아닐까.
머언 산 청운산

낡은 기와집
산은 자하산
눈 녹으면

느릅나무
속잎 피는 열두굽이를

청노루
많은 눈에

도는
구름

　보랏빛 안개의 베일로 아련히 가리어진 자하산紫霞山 속, 굽이굽이 느릅나무 속잎 피어나는 자연 속에서 뛰노는 청노루의 맑은 눈에 자기를 담으려 한 목월의 자연은 환상적 아름다움마저 지니고 있다. 환상적이란 말이 지나치다면 심혼心魂의 고향이라고 바꾸어 말할 수 있으며, 이것이 바로 목월의 자연이었다.

　정한모는 「청노루」에 대해서 언급하고, 목월 자신은 자기 시를 이렇게 해설하고 있다.

　그러나 청운사靑雲寺는 실제의 절 이름이 아니다. 나의 환상의 지도 속에 있는 산 중의 상징적인 절이다.

그 당시 나는 나대로의 환상의 지도를 가지고 있었다. 그 어둡고 불안한 시대에 푸근하게 은신할 수 있는 '어수룩한 천지'가 그리웠던 것이다. 하지만 당시의 조국은 어디나 일본 치하의 불안하고 되바라진 땅이었다. 강원도 태백산이나 백두산을 생각해 보았다. 그러나 그 어느 곳에도 우리가 은신할 수 있는 한 치의 땅이 있는 것 같지 않았다. 그리하여 나는 깊숙한 산과 냇물과 호수와 봉우리가 있는 '마음의 지도'를 마련하게 되었다.

'환상적 아름다움' '심혼의 고향' '환상의 지도'를 느낄 수 있는 「청노루」에서는 한 마디의 의성어나 의태어도 찾아볼 수 없다. 한 마디의 경상도 사투리도 없다. 모음 삽입으로 장음화한 시어도 없다.

한편 「길처럼」 「산그늘」 「가을 어스름」에서는 주로 목월 자신이 태어나서 자란 경상도 어느 마을 건천(乾川)을 에워싼 자연, 그리고 집 뜨락에 깃든 자연의 이미지가 나타나 있으나 「청노루」엔 또 다른 차원의 자연이 서려 있다.

그 또 다른 차원의 자연이란 바로 앞에서 언급된 '심혼의 고향'으로서의 자연이요, '환상의 지도' 속에 있는 상징적인 자연일 수 있다. 그런 점에서 「청노루」에서 박목월은 비약적으로 변용하고 있다.

그러면, 그러한 변용은 무엇을 의미하는 것일까. 말할 나위도 없이 그것은 추천기의 작품에서 미처 탈피하지 못했던 동시적인 원형을 이때 비로소 깨끗이 청산하였음을 뜻한다.

동시적인 원형의 청산은 곧 박목월 자신의 시적 성숙을 뜻할 뿐만 아니라, 박목월만의 독자적인 경지의 확보를 뜻하는 것이기도 하다.

"간결한 표현, 서술어미 의미의 적당한 생략에서 오는 여백이 주는 함축 등 시의 응축 작업에 필요한 온갖 방법을 목월은 충분히 기도하고 실천하여 한국어가 시에서 표현할 수 있는 성과를 누구보다도 많이 거두었다"고 정한모는 말하고 있는데, 바로 그것은 박목월 시의 독자성을 지적하는 말이다.

「청노루」에서 보인 서술어미의 생략, 의미의 생략에서 오는 여백화는 단시형 시정의 이상적인 상태이거니와, 단시형 서정시에서 가장 중요한 것은 간결, 그것인데 간절한 표현을 위해서는 무엇보다도 순간적인 정서를 관념이나 설명 없이 포착해야 한다.

다시 말하면 본원의 정서를 단적으로 표현해야 한다. 서술어미를 그대로 쓰거나 의미 있는 언어를 배열하게 되면 산문적 요소에 밀려 시적 효과가 반감된다. 박목월은 누구보다도 그것을 자각하여 간결화를 위한 응축 작업을 시도했다고 본다.

그러한 시도의 결과 「청노루」는 누가 읽어도 순수무구한 서정시라는 인상을 주고 있다.

강나루 건너서
밀밭 길을

구름에 달 가듯이

가는 나그네

길은 외줄기
남도 삼백 리

술 익는 마을마다
타는 저녁놀

구름에 달 가듯이
가는 나그네

이 시에 대해서 찬사를 보내고 있는 사람은 많다. 김종길은 '우리나라의 낭만 시의 최고의 것', 서정주는 '남방 정서의 풍류 정신', 정한모는 "충분히 향토적이면서 향토적인 현실의 풍경이 아니라 공간을 초월하여 살아 있는 상징적인 실재로서의 한국적 자연인 것이다. 이 자연 속을 '구름에 달 가듯이 가는 나그네' 역시 시간을 초월하여 살아 있는 상징적인 나그네인 것이다."

그런가 하면 박목월 자신도 자기 시에 대해서 무척 애착을 가지고 있다.

"「나그네」의 주제적인 것은 '구름에 달 가듯이 가는 나그네'였다. 그야말로 혈혈단신 떠도는 나그네를 나는 억압된 조국의 하늘 아래서 우리 민족의 총체적인 얼의 상징으로 느꼈으리라."

제3자의 찬사와 시인 자신의 애착을 한 몸에 입고 있는 「나그네」 역시 「청노루」의 시적 구조와 별반 차이가 없는 그야말로 순수무구한 서정시이다. 「청노루」가 환상을 순간적인 직관에 의해서 시각적 이미지로 나타낸 것이라면, 「나그네」는 거기다가 음악적인 여운을 더 가미하고 있다.

시간적 이미지는 시 전체에서 느껴지는 것이지만, 음악적인 여운은 사구를 2구로 끊어서 배치하고, 감동의 확산을 막기 위해서 각 연의 2형을 명사어로 맺어 놓고 있는 데서 빚어진다.

①밀밭 길을
②가는 나그네
③남도 삼백 리
④타는 저녁놀
⑤가는 나그네

①연에만 '길을' 하고 조사 '을'을 넣었으나, ②③④⑤연 에서는 서술어미를 완전히 배제하고 명사형으로 맺고 있다. 목월은 아마도 이 시를 쓰면서 거듭거듭 소리내어 낭독해 보다가 호흡에 장애가 되는 부분을 대담하게 삭제했을 것으로 여겨진다. 그는 「나그네」의 초고를 다음과 같이 보여주고 있다.

나루를 건너서
외줄기 길을

구름에 달 가듯이
가는 나그네
길은 달빛 어린

남도 삼백 리
구비마다 여울이
우는 가람을

바람에 달 가듯이
가는 나그네

이 초고는 첫 연에서 벌써 호흡이 어색해지고 서술성이 느껴진다. 어색한 호흡과 서술성은 일종의 산문성이거니와 박목월은 그 어색한 요소들을 깨끗이 제거하여 「나그네」에 새로운 생명력을 불어넣었다.

단시형短詩形의 서정시는 일종의 직관 또는 투시력을 발휘함으로써 비로소 완벽한 형태로 조형된다. 직관 또는 투시력은 심의心意를 집중 또는 긴장시킬 때 비로소 발휘되는 것인데, 박목월은 「나그네」를 조형하는 데 있어서 묵화에서 "점 하나를 소중히 하듯 말 하나를 아꼈다"고 밝히고 있다.

리이드는 "시인의 직관 또는 원상은 언어에 있어서의 음악적 등가물等價物에 의해서만 표현된다"고 하였다. 「나그네」에 배치된 언어야말로 음악적 등가물로서 부끄럼이 없다.

그것은 또한 자신이 직관한 것을 또는 투시한 바를 언어의 치밀한 배치로 완벽하게 표현하려는 노력의 소산이 아닐 수 없다.

한편 「나그네」의 외형상의 리듬을 7·5조의 바탕에서 설명한 해설자가 많으나 이 시는 처음부터 그러한 바탕에서 쓴 것은 아니라고 본다.

다시 말해서 박목월은 정형시定型詩를 처음부터 의도하고 쓴 것이 아니라 초고에서 불순물을 깎고 깎다보니 2연, 4연, 5연에서 7·5조를 나타내게 된 것으로 보아야 마땅하다.

『산도화』에서의 변용

시집『산도화』는『청록집)의 연장이다.
박두진은『산도화』발문에서 이렇게 쓰고 있다.

　너무나 친근한 이 우리의 자연, 우리의 향토, 우리에게 깊이깊이
어려 젖은 이 고유한 전통 정서야말로 바로 목월이 디디고 선 바
그의 시의 기반이며, 그의 선천적으로, 천질적으로 이루어진 이
한국적인 자연 정서의 절묘한 가락은 우리 시가 치러야 할 모든
시사적詩史的인 과제와 요청과 비판을 오히려 저절로 거부하고
초월하면서 우리가 도달할 수 있는 시의 율조의 한 극치를 이루고
있으니 그의 영롱한 천지와 이슬이 절로 맺듯 복사꽃이 절로 피듯
이루어 놓은 그의 이 가탄할 결정 앞에서 내가 이제 새삼 무슨
말로 풀이하랴.

　이 글에는『청록집)을 같이 펴낸 시인다운 우정어린 과장도
보이나 '우리가 도달할 수 있는 시의 율조의 극치'를 이루고
있다는 말은 들어맞는 표현이라고 본다.

흰 달빛
자하문紫霞門

달안개
물소리

대웅전大雄殿
큰 보살

바람 소리
솔 소리

범영루泛影樓
뜬 그림자

흐는히
젖는데

흰 달빛
자하문

바람 소리
물소리
　　─불국사

이 시에 이르러서는 신기神氣 서린 분위기마저 느낀다. 「청노루」나 「나그네」는 이 시와 비교할 때는 오히려 산만해 보이기조차 한다. 서술어미를 완전히 제거한 체언體言만의 시, 언어를 극단적으로 절제한 집약 정리된 리듬의 시이다. 읽으면 읽을수록 내적인 속삭임을 엿듣게 되는 시이다.

흰 달빛/자하문/달 안개/대웅전/큰 보살/바람 소리/범영루/그림자/흐느히/젖는데/흰 달빛/자하문/바람 소리/물소리" 하고 읽어나갈 때 큰 소리를 내서 읽어야 할 구절을 어디에서도 찾아 낼 수가 없다.

"시를 창조하는 특수한 정신 상태에서는 시적 표현을 구하느냐 산문적 표현을 구하느냐—하는 선택의 여지가 없다. 그것은 시적 표현을 구하느냐, 그렇지 않으면 침묵하느냐, 어느 하나이다"라고 리이드는 말했지만, 목월은 이 시를 쓰는 데 있어서 체언에다가 조사 하나를 달아놓는 것만으로도 시적인 치욕으로 생각하고 체언만으로 시적 효과를 거두고 있는 것이다.

언어의 극단적인 절제에 의한 시의 창조를 지향하는 박목월은 『산도화』·『산색』 등에서는 서술어미를 쓰는 데 어느 정도 타협하면서도 여전히 생략에 의한 여백화를 이루고 있다.

산은
구강산
보라빛 석산

산도화

두어 송이
송이 버는데

봄눈 녹아 흐르는
옥 같은
물에

사슴은
암사슴
발을 씻는다.
—「산도화」

석산에는
보랏빛 은은한 기운이 돌고

조용한
진종일

그런 날에
산도화

산마을에
물소리

젖어귀는 새소리 묏새소리
산록을 내려가면 잦아지는데

삼월을 건너가는
햇살아씨
―「산도화」

청석에 어리는
찬 물소리

반은 눈이 녹은
산마을의 새소리

청전青田(동양화가 이상범의 호) 산수도에
삼월 한나절

산도화
두어 송이

늠름한
품品을

산이 환하게
티어 뵈는데

한머리 아롱진
운시韻時 한 구
　―「산도화」

산빛은
제대로 풀리고

꾀꼬리 목청은
티어오는데

달빛에 목선 가듯
조는 보살

꽃그늘 환한 물
조는 보살
　―「산색山色」

"시 표현의 제일 원리는 생략이다. 예술 일반의 공통한 본질은
혼돈의 질서화요, 시 형식의 다른 문학과 구별되는 특질을 나는
복잡한 사상의 단순화라고 말하였다. 왜 그러냐 하면 시의 표현
은 서술하고 증명하는 언어로서가 아니라 짧고 함축 있는 생명
그대로의 최초적 발상에서 비롯되기 때문이다. 이러한 시의 형식적
본질적인 단순성은 그 내용에다 '단면의 전체성'이라는 특질을
제약하는 것입니다. 손바닥 위에서 타계他界를 보고 한 방울 이슬

속에 우주를 본다는 것은 이 세상의 모든 생명의 완성된 모습은 그대로 소우주요, 개개의 태극太極이라는 것입니다. 그러므로 시가 몇 마디의 언어로써 완성된 언어요, 살아 있는 유기체라면 그는 혼돈과 복잡으로서 소재 그대로 방치될 것이 아니요. 시인의 재창조를 통한 단순미의 실제로써 비약하면서 연락되고 나타난 이면의 무한 광대성을 간직하는 것이 아니겠습니까."

라고 조지훈은 초보자를 위해서 시의 본질을 설명하고 있는데, 박목월의 시적 실험의 궁극적인 목표는 바로 그러한 본질에 대한 접근에 있었다.

그러나 자연에서 눈에 보이는 것, 귀에 들리는 것을 추상해서 시각적·청각적 효과를 자아내는 데 방해가 되는 온갖 요소를 말살해 버린 박목월 앞에는 또 다른 전신轉身의 계기가 기다리고 있었다.

『난·기타』에서의 변용

숨어서 한철을 효자동에서
살았다. 종점 근처의 쓸쓸한
하숙집

이른 아침에 일어나
꾀꼬리 울음을 듣기도 하고
간혹 성경을 읽기도 했다.
마태복음 오 장을, 고린도 전서 십삼 장을
인왕산은 해 질 무렵이 좋았다.
보라빛 산외山巍 어둠에 갈앉고

램프에 불을 켜면
등피에 흐릿한 무리가 잡혔다.

마음이 가난한 자는 복이 있나니…… 아아, 그 말씀. 그 위로

그런 밤일수록 눈물은 베개를 적시고, 한밤중에 줄기찬 비가
왔다.

이제 두 번 생각하지 않으리라.
효자동을, 밤비를, 그 기도를
아아, 강물 같은 그 많은 눈물이 마른 하상河床에
달빛이 어리고
서글픈 평안이
끝없다.

시집 『난・기타』에 수록된 위의 작품에서 우리는 당돌한 느낌
을 받는다. 서울이라는 도시의 변두리(그때만 해도) 효자동의 어느
하숙집에서 석유 램프를 켜고 숨어 살고 있는 박목월의 참담한
모습을 보기 때문이다.
이 시에서는 생략에 의한 단순미도 찾아볼 수 없고, 함축도
찾아볼 수 없다. 삶에 지친 한 인간의 직설이 있을 뿐이다.
전화戰火에 시달리고, 인생의 위기에 위협당한 고달픈 모습을
박목월은 다른 시에서 다음과 같이 자조하는 한편 자위하고
있다.

시인이라는 말은
내 생명 위에 늘 붙는 관사冠詞
이 낡은 모자를 쓰고
나는

비 오는 거리로 헤매었다.
이것은 전신全身을 가리기에는
너무나 어줍잖은 것
어린것들을 덥기에는
너무나 어처구니없는 것
허나 인간이
평생 마른 옷만 입을가부냐
다만 두발頭髮이 젖지 않는
그것만으로
나는 고맙고 눈물겹다.
　―「모일某日」

　뜰 안의 자연, 마을의 자연, 한국의 자연, 환상의 자연을 시각
화하고 청각화한 순수 무구한 서정 시인은 다른 많은 한국
사람처럼 자기 신세를 푸념처럼 늘어놓고 있다. 그러나 그것은 이
시인의 잘못은 아니다. 그로 하여금 조용히 자연을 바라보도록
내버려 두지 못한 우리 역사에 책임이 있다.
　그런 점에서 시집 『난·기타』에 나타난 박목월 시의 변용은
목월 자신의 외적인 시적 실험에 의한 것이 아니라, 객관적인
여건으로 거칠어진 감정 내용이 노출된 것이라고 할 수 있다.
　그러나 박목월은 이 시집에서 시종일관 거칠어진 감정 상태
로만 살고 있지는 않는다.

　중앙로에서 벗어나면

탱자나무 울타리 길이다.
공평동
○○번지에 가지가 붙는 번지 골목
맞받이에
예배당.
얌전하고 조용한
길을 주기도문 외이듯
가면
그의 집
문에 들어서면
바로 정원
바로 안락의자 같다.
그 어느 잔디밭에나
그 어느 디딤돌 위에 앉으면
음악에 귀를 기울이는 마음
아아, 알맞는
정원은 차라리
들보다 한결 들 같다.
산보다 한결 산 같다.
진실로 인생은
시장끼 같은 것.
늘 옆구리가 허전하게
외로운데
이렇게

옹색한 여유가
차라리 더 넉넉한 정원.

그의 집
이층을 오르면
층층계 맞받이에 유리창.
밤하늘이
어머니처럼 수심 겨운 얼굴로 굽어본다.
초밤별이 다만 한 개 높이 떠서
인사를 보낸다.
나는
결코 외롭지 않았다.
종일 지동地動을 하고,
유리창이 덜덜 떠는 날에도
내 잠자리에
넘치는 안도
실로 내게는 많은 것이 소용되지 않았다.
다만 한 줄기의 우정 같은 연정
그것으로
내 기도는 더운 눈물로 넘치고,
그리고 내가 잠드는 지붕 위에는
성좌星座가
사분의 삼박자로 옮아갔다.

결국 '그의 집/문에 들어서면/바로 정원/바로 안락의자 같다/그 어느 잔디밭에나/그 어느 디딤돌 위에 앉으면/음악에 귀를 기울이는 마음/아아, 알맞은/정원은 차라리/들보다 한결 들 같다./산보다 한결 산 같다' 하고 읊조릴 정도의 안정을 얻고 있다.

그런가 하면, 그동안 잊어버렸던 자연을 재발견하고 있다.

갈기 휘날렸다. 말발굽 아래 가로눕는 이슬밤. 패랭이 꽃빛으로 돈다. 무지개가 감기고 풀리고 하얗게 끊는 질주. 태고의 아침을 창조의 숨가쁜 시간을. 출렁거리는 생명. 마악 눈을 뜬 더운 피가 금시에 본, 그것의 질주. 달리는 그것으로 달리게 되고, 달리게 하는 그것으로 달리게 되는 말굽 아래 척척 가로눕는 구름. 새로 빚은 구름 엉키고 풀리고 휘휘 도는 무지개……

달리는 것 옆에서 달리는 것이 목덜미를 물고, 출렁거리는 엉덩이, 불을 뿜는 입, 생명의 고동을, 비등^{沸騰}을 뿜는 숨결, 끊는 박자. 발굽의 말발굽의 날개를……

팍 앞무릎이 꼬꾸라진 채
영영
산이 된
산 위에 은은한 천개^{天蓋}
—「산·소묘 2」

산이 성큼성큼 걸어왔다.

바다에서 갓 솟은 어리고 애띤 산, 주름진 긴 치마자락을 꽂아쥐고, 이슬이 굵은 태초의 칠색七色이 영롱한 풀밭을. 그 깊은 고요를 밟고……

  빨래 나온 아낙네가 산이 걸어오시네. 그 한 마디에 산은 무안해서 엉거주춤 주저앉아 버렸다. 치마자락을 고쳐 지를 겨를도 없이. 너무나 수집은 이 창조의 신의 이마를 한 자락의 안개가 가려 주었다.

  흘러내린 그 자락에 바람은 영원히 희롱했다. 아아, 두 치만 감아 꽂았더라면, 우리 마음을 아늑한 골짜길 것을, 그리고 어린 나는 별빛처럼 빛나는 바다로 눈길을 돌리지 않고, 아아峨峨한 신꼭지에 조용히 동경憧憬을 묻었을 것을.

  어느 것은 웅크리고 앉아, 이마를 맞대고 수런거리듯, 어느 것은 힐끗이 돌아보고, 멀쑥히 물러서고, 또한 어느 것은 어깨를 추수리고 서서 고개를 젖혀 하늘을 우러러 오불관吾不關의 태態 다만, 어느 하나는 얌전히 동구 앞에 이르러, 너붓이 절을 드리듯, 그것은 문안 온 외손자벌.

  나붓이 나드리온 선녀련듯 열두폭 치마자락을 사려 꽂았다. 다만 한 자락은 천연스럽게 바람에 맡기고…… 그 자락을 타고 사월달 긴긴 해를 두릅, 회휘초, 취, 범벅궁이, 달래, 돌미나리, 산나물을 광우리마다 채운다.
  ―「산·소묘 4」

153

지난날 박목월은 자연을 대할 때, 감각을 극도로 날카롭게 다듬어서 응시하여 담백한 수채화로 조형했던 것이나, 「산・소묘 2」에서는 소묘에 그치려고 하면서도 농도 짙은 분위기와 거친 호흡을 토하고 있다. '하얗게 끓는 질주', '태고의 아침', '창조의 숨가쁨', '생명의 고동', '비등' 등 그가 초기 시에서 의식적으로 기피했던 엄청난 표현을 일삼고 있다.

이러한 표현은 물론 눈앞을 가로막은 산악의 험준한 양태를 형용하고 동시에 그 양태에서 압도당한 목월 자신의 가쁜 호흡을 나타내기 위해서 시도한 것이겠지만, 그렇다 하더라도 지나친 과장으로 보인다.

「산・소묘 3」에서도 '이슬이 굵은 태초의 칠색이 영롱한 풀밭'을 보는데, 이러한 과장은 결국 전쟁에 시달리고 인생에 지치고 생활에 허덕인 목월의 격렬한 갈구에서 온 것이 아닐까.

그는 분명히 잊어버렸던 자연을 되찾아 그 자연에 대해서 무엇인가를 갈구하고 있는 것이다. 여기서 박목월의 하나의 변용을 본다. 그러나 그 변용은 시인으로서의 변용이라기보다는 인간으로서의 변모의 뜻을 지니고 있다. 그만큼 시가 위기에 처해 있다.

『청운』에서의 변용

지상에서
아홉 켤레의 신발.
아니 현관에는 아니 들간에는
아니 어느 시인의 가정에는
앞 전등이 켜질 무렵을
문수文數가 다른 아홉 켤레의 신발을

내 신발은
십구문반.
눈과 얼음의 길을 걸어
그들 옆에 섰으면
육문삼六文三의 코가 납짝한
귀염둥아, 귀염둥아
우리 막내둥아.

미소하는

내 얼굴을 보아라.
얼음과 눈으로 벽을 짜올린
여기는
지상.
연민한 삶의 길이여.
내 신발은 십구문반十九文半

아랫목에 모인
아홉 마리의 강아지야
강아지 같은 것들아
굴욕과 굶주림과 추운 길을 걸어
내가 왔다.
아버지가 왔다.

아니 십구문반의 신발이 왔다.
아니 지상에는
아버지라는 어설픈 것이
존재한다.
미소하는
내 얼굴을 보아라.

시집 『청운』에 실려 있는 이 시에서는 박목월의 자아상自我像을
본다. 『난·기타』의 「효자동」이나 「모일」에서도 그의 자아상을
보았으나, 그것은 사회 현실에서 인생의 역경을 제대로 극복하지

못한 나머지 피곤해진 심신을 스스로 어루만지는 자아상이었다. 「가정家庭」에 나타난 박목월의 자아상은 그것이 아니다. 힘들고 괴롭기는 했지만, 이만큼이나마 수많은 식구들을 먹여 살려온 대견스러운 자신을 스스로 재발견하는 자아의 모습이다. 다시 말하면 박목월의 고양된 자아 수준을 느낀다.

'내 신발은 십구문반, 연민한 삶의 길이여/내 신발은 십구 문반/강아지 같은 것들아./굴욕과 굶주림과 추운 길을 걸어/내가 왔다/아버지가 왔다.'에서는 지금까지의 인생 도정道程을 감상적인 음으로 돌이켜 보는 품도 있긴 하나, 아이들에게 "아버지가 왔다."하고 떳떳하게 큰 소리칠 수 있는 자기 자신에게 어떤 희열을 느끼고 있다. 그러기에 그는 "미소하는 내 얼굴을 보아라."하고 아이들을 향해서 외칠 수 있었다.

　　나는 우리 신규信奎가
　　제일 예뻐
　　아암, 문규도 예쁘지.
　　밥 많이 먹는 애가
　　아버진 젤 예뻐.
　　낼은 아빠 돈 벌어가지고
　　이만큼 선물을
　　사 갖고 오마.
　　이만큼 벌린 팔에 한 아름
　　비가 변한 눈 오는 공간
　　무슨 짓으로 돈을 벌까.

그것은 내일에 적정할 일.
이만큼 벌린 팔에 한 아름
그것은 아버지의 사랑의 하늘.
아빠, 참말이지.
접 때처럼 안 까먹지.
아암, 참말이지.
이만큼 선물을
사 갖고 온다는데.
이만큼 벌린 팔에 한 아름
바람이 설레는 빈 공간.
어린 것을 내가 키우나.
하느님께서 키워 주시지.
가난한 자에게 베푸시는
당신의 뜻을
내야 알지만
상 위에 찬은 순식물성
숟갈은 한죽에 다 차는데
많이 먹는 애가 젤 예뻐.
언제부터 측은한 정으로
인간은 얽매어 살아왔던가.
이만큼 낼은 선물 사오께
이만큼 벌린 팔을 들고
신이어, 당신 앞에
육신을 벗는 날

내가 서리다.
　　—「밥상 앞에서」

　가정은 애정이 지배하는 따뜻한 환경이다. 굶주림과 목마름을
채워주는 처소이다. 아버지로서의 박목월은 누구보다도 그
책임을 통감한다. 그것을 통감할수록 내일은 '무슨 짓으로 돈을
벌까' 하고 마음속으로 걱정하면서 '밥 많이 먹는 애가/아버진
젤 예뻐' 하고 자식들에게 많이 먹기만을 권한다. 그러면서 그는
속으로 울고 있다.
　그러면 내일은 '무슨 짓으로 돈 벌까', 그는 결국 이렇게 돈을
버는 재주밖에 없었다.

　1
　이슥토록
　글을 썼다.
　새벽 세 시
　시장끼가 든다.
　연필을 깎아낸 마른 향나무
　고독한 향기.
　불을 끄니
　아아.
　높이 청과일 같은 달.

　2

겨우 끝맺음.

넘버를 매긴다.

마흔다섯 장

산문(흩날리는 글발)

이천 원에 이백 원이 부족한

초췌한 나의 분신들.

아내는 앓고……

지쳐 쓸어진 만년필의

너무나 엄숙한

와신臥身

3

사륵사륵

설탕이 녹는다.

그 정결한 투신

그 고독한 용해

아아

심야의 커피

암갈색 심연을

혼자

마신다.

―「심야의 커피」

'지쳐 쓰러진 만연필/너무나 엄숙한/와신'…… 원고를 다 쓰고 나서 눕혀 놓은 만년필의 상태는 생활을 위해 심야의 졸음을 막고자, 진한 커피를 마시며 시 아닌 산문을 써야 했던 시인 박목월의 이미지를 강하게 느끼게 한다.

그런데 그는 위에 든 일련의 생활시를 상징어나 관념어로 모호한 효과를 자아내기보다는 직설적으로 쓰려고 했다.

다시 말하면, 그는 자신의 생활 내용을 숨김없이 털어놓고 있다. 솔직한 육성을 리듬에 실어 나타내고 있다.

한편, 다음에 드는「우회로迂廻路」도 그 자신의 생활에서 소재를 얻은 것인데, 특이한 기교로 기묘한 표현 효과를 거두고 있다.

병원으로 가는 우회로
달빛이 깔렸다.
밤은 에테르로 풀리고
확대되어 가는 아내의 눈에
달빛이 깔린 긴 우회로
그 속을 내가 걷는다.

흔들리는 남편의 모습
수술은 무사히 끝났다.
메스를 가아제로 닦고……
응결하는 피
병원으로 가는 우회로
달빛 속을 내가 걷는다.
흔들리는 남편의 모습

혼수 속에서 피어올리는
아내의 미소.(밤은 에테르로 풀리고)
긴 우회로를
흔들리는 아내의 모습
하얀 나선 통로를
내가 내려간다.

"잡다한 경험들이 하나의 질서 아래 다시 구성되고 시인의
시각을 한군 데 고정시키는 것이 아니라, 필요한 곳이면 어느
곳에나 배치함으로써 시간과 공간의 다원적 구성을 통해 작품
속에 시간의 흐름을 도입한 것이다. 그리고 그것은 현실적인
원근법을 무시하고 쉬르레알(초현실주의)한 차원에서 통일시키고
조화시킨 점은 우리 언어의 새로운 가능성을 암시해 준 것이라고
할 수 있을 것이다"라고 김우정은 이 시의 특징을 말하고 있다.
　문덕수는 다음과 같이 이 시를 분석하고 있다.

　세 개의 다른 우회로가 세 겹으로 겹쳐서 드러나 있다. 하나는
'병원으로 가는 긴 우회로'이고, 둘은 '아내의 눈에 달빛이 깔린
긴 우회로', 셋은 '하얀 나선 통로'이다. 병원으로 가는 우회로는
현장이 있으나, 나머지 두 개의 우회로는 현장이 없는 심리 세계의
것이다. 여기서 우리는 내면 세계와 외부 세계가 이중으로 겹쳐서
입체적으로 드러나 있음을 알게 된다.

　위와 같이 「우회로」에 대해서 제각기 색다른 해석을 내리게 된

데에는 그 나름대로 이유가 있다고 본다.

이 시에서 목월은 앞에 든 일련의 생활시에서와는 달리 자기를 직접 표현하지 않고 제목처럼 자기를 우회적으로 표현하고 있는 것 같은 효과를 내고 있기 때문이다. 그러나 박목월의 시적 태도로 미루어 봐서, 이 시도 자기를 우회적으로 표현하고 있는 것이 아니라 역시 직접 표현하고 있다고 보아야 한다.

그는 등단 이래 시를 통해서 자기를 표현할 때, 전달의 오류(fall-ary of communication)를 일으키거나 전달의 미망(heresy of communication)을 불러일으킬 만한 모호한 언어를 쓴 적이 없다. 이 시도 결국 자기를 명확하게 직접 표현하고 있는 것이다.

이 시에서 문제가 되는 것은 첫째 '확대되어 가는 아내의 눈에/달빛이 깔린 긴 우회로/그 속을 내가 걷는다.'인데, 이것은 곧 박목월이 밤길을 걸어가면서 '확대되어 가는 아내의 눈'의 이미지를 본 것이며, 바로 그 순간 그 눈 위에 달빛이 겹친다고 의식한 것이다.

그런 점에서 '달빛이 깔린 우회로'는 첫 행의 병원으로 가는 우회로의 반복이며 '확대되어 가는 아내의 눈'의 이미지를 선명하게 느끼면서 걷고 있는 현장으로서의 우회로이다.

둘째, '하얀 나선 통로를/내가 내려간다'는 것도 어떤 의미를 부여해서 생각할 필요가 없다. 나선 통로를 다만 꼬불꼬불한 병원의 통로(층계 대신)로 글자 그대로 풀이하면 된다.

다시 말하면, 그것은 '병원으로 가는 우회로'를 다 가서 병원으로 들어가는 꼬불꼬불한 통로에 지나지 않는다. 그렇다고 할 때, 그 길은 현장이 없는 심리 세계의 길이 아니라 현장으로서의 통로이다.

따라서 이 시는 원근법을 무시하고 있는 것은 사실이나 쉬르레알한 차원에서 동일시키거나 조화시키고 있는 것도 아니다. 원근법을 무시하고 있다는 말은 이 시가 과거와 현재를 같은 시간에 놓고 구성되어 있는 점에서 수긍할 만하다. 그렇다고 해서 그것을 쉬르레알한 차원의 수법으로 보는 것은 지나친 해석이다.

그렇다면 어떤 부분이 현재이고 어떤 부분이 과거에 속하는 것일까. 첫 연은 전체가 현재에 우회로를 걷고 있는 목월의 외적 내적 상황이다. 그러나 그밖의 '수술은 무사히 끝났다/메스를 가아제로 닦고……/응결하는 피/혼수 속에 피어올리는/아내의 미소'는 과거에 속한다. 2연에서 그 부분만 떼어놓고 그 연을 재구성해 보면 다음과 같은 시가 이루어진다.

흔들리는 남편의 모습
병원으로 가는 우회로
달빛 속을 내가 걷는다.
흔들리는 남편의 모습
긴 우회로를
흔들리는 아내의 모습
하얀 나선 통로를
내가 내려간다.

그런 점에서 이 시는 마음을 죄며 걱정했던 아내의 수술이 무사히 끝난 뒤, 한숨 놓은 남편이 달빛 비치는 병원으로 가는 긴 우회로를 걷고 있는 상태를 형상화하고 있다.

　다시 말하면 박목월은 아내의 병환을 심신으로 걱정하는 남편으로서의 자신의 모습을 솔직하게 직접적으로 보여주고 있는 것이다. '흔들리는 남편의 모습'을 두 번이나 반복하고 있는 것을 봐서도 알 수 있다.

　그러나 어쨌든 「우회로」는 참신한 시임에 틀림없다. 과거와 현재를 같은 시간상에 놓았다는 점에서 주지작용主知作用에 의한 새로운 조형의 시라고 할 수 있다.

『경상도의 가랑잎』에서의 변용

　시집 『경상도의 가랑잎』에서는 청마와 지훈과 수영의 영결식에
다녀와서 자주 나이를 의식하는 시를 쓰고 있다.
　「백국白菊」에서는 '나이 오십/잠이 맑은 밤이 깊어진다.'
　「왕십리」에서 '내일 모레가 육십인데/나는 너무 무겁다.'
　「비유의 물」에서 '한 사람에게 오십여 년은 긴 것이 아니라
무거운 것이다.' 「운석隕石」에서는 '내일의 나의 시/나의 노년'하고
자기 나이를 의식하고 있다. 그리하여 그는 '팔목 시계를 풀어
놓듯/며칠 고향에서 지냈다'^(고향에서)가 돌아오기도 하고 구수한
경상도 사투리를 「만술아비의 축문」 「이별가」 「도포 한자락」
「기계杞溪」 「월색月色」에서 오래간만에 마음 놓고 쓰고있다.

　내일 모레가 육십인데
　나는 너무 무겁다.
　나는 너무 느리다.
　나는 외도가 지나쳤다.

가도

가도

바람이 입을 막는 왕십리

—「왕십리」

잠이나 자자.

돌아누우면 언제나 황홀한

그 망각

그럴 테지

숭굴숭굴한

운석

타고 남은 것은

무엇이나 가벼워진다.

나의 시도

그게 시냐.

해면석보다 가벼운.

씀씀한 대로(씀씀하다 : 무미하다는 뜻)

불평 없는 나의 주야晝夜

대범한

나의 편족偏足.

잠이나 자자,

돌아누우면 언제나

황홀한 운무

나의 머리 위로 부는

허허로운 바람
그럴 테지.
타버린 것의
자기 정리
타 버리고 남은 것은
무엇이나 정결하다.
타고 남은
운석隕石
가벼운 돌
쓸쓸한 대로 대범한
내일의
나의 시
나의 노년.
—「운석」

아배요 아배요
내 눈이 티눈인 걸
아배도 알지러요.
등잔불도 없는 제삿상에
축문이 당한기요.
눌러 눌러
소금에 밥이나마 많이 묵고 가이소.
윤사월 보리고개
아내도 알지러요.

간고등어 한손이믄
아배 소원 풀어드리런만
저승길 배고플라요
소금에 밥이나마 많이 묵고 묵고 가이소.

여보게 만술아비
니 정성이 엄첩다.
이승 저승 다 다녀도
인정보다 귀한 것 있을락꼬,
망령도 응감하여, 되돌아가는 저승길에
니 정성 느껴느껴 세상에는 굵은 밤이슬이 온다.
　　―「만술아비의 축문」

뭐락카노, 저편 강기슭에서
니 뭐락카노, 바람에 불려서

이승 아니믄 저승으로 떠나는 뱃머리에서
나의 목소리도 바람에 날려서

뭐락카노
썩어서 동아 밧줄은 삭아내리는데

하직을 말자 하자
인연은 갈밭을 건너는 바람

169

뭐락카노 뭐락카노 뭐락카노
니 흰 옷자라기만 펄럭거리고……

오냐. 오냐. 오냐.
이승 아니믄 저승에서라도……

이승 아니믄 저승에서라도……
인연은 갈밭을 건너는 바람

뭐락카노, 저편 강기슭에서
니 음성은 바람에 불려서

오냐. 오냐. 오냐.
나의 목소리도 바람에 날려서.
　　―「이별가」

임자, 나는 도포자라기
펄렁펄렁 바람에 날려
하늘가로 떠도는.
누가 꿈인 줄 알았을락꼬

임자는 포란 물감.
내 도포자라기의 포란 물감.
바람은 불고

정처없이 떠도는 도포자라기.

우얄꼬. 물감은 바래지는데
우얄꼬. 도포자라기는 헐어지는데
바람은 불고
지향 없는 인연의 사람 세상.

임자, 나는 도포자라기
임자는 포란 물감.
아직도
펄럭거리는
저 도포자라기
누가 꿈인 줄 알았을락꼬.
ㅡ「도포 한 자락」

아우 보래이
사람 한 평생
이러쿵 살아도
저러쿵 살아도
시쿵둥하구나.
누군
왜, 살아 사는 건가.
그렁저렁
그저 살믄

오늘같이 기계장도 서고.
허연 산뿌리 타고 내려와
아우님도
만나잖는가베.
앙 그렇가 잉
이 사람아.
누군
왜 살아 사는 건가?
그저 살믄
오늘 같은 날
지게 목발 받쳐 놓고
어슬어슬한 산비알 바라보며
한 잔 술로
소회도 풀잖는가.
그게 다
기막히는기라
다 그게
유정한기라.
—「기계 장날」

달빛을 걸어가는 흰 고무신,
오냐 오냐 옥색 고무신
님을 만나러 가지러?
아닙니다, 애.

낭군을 마중 가나?
아닙니다, 예.
돌개울의 디딤돌로
안골짜기로 기어오르는
달밤이지려 얘.
아무렴,
그저 안 가봅니까 얘.
오냐 오나 흰 고무신,
달빛을 걸어가는 옥색 고무신.

합문을 하고 나면
허연 마당
도포자락에 묻어오는
달빛
낼
아침은
서리가 오려나,
대추나무 가지 끝이
빛나는데
우리는 너무나
적막한 곳에 살았구나
달빛에 드러난 앞산 이마를.
지방紙榜을 사루는 한밤의
소지燒紙.

「비유의 물」은 많은 시편 중에서 가장 비중이 무거운 작품이다.

　물이 된다. 자기의 중량으로 물은 포복할 도리밖에 없다. 한 사람에 오십여 년은 긴 것이 아니라 무거운 것이다.
　땅에 배를 붙이고 낮은 곳으로 기어가는 물은 눈이 없다.

　그것은 순리. 채우면 넘쳐 흐르고 차면 기우는 물의 진로.
　눈이 없는 투명한 물의 머리는 온통 눈이다.

　물은 땅으로 스며든다.
　흐르는 동안에 잦아져 머리는 물줄기를 나는 알고 있다. 그 자연스러운 잠적은 배울 만하다. 하지만 이튿날 아침에는 꽃잎에 헌신하는 이슬방울.
　나의 시
　나의 죽음
　하늘로 피어오른다. 그 날개를 가진 현란한 비천飛天. 그것은 헤세의 시에서 은빛 빛나는 구름으로 인생의 무상을 현현顯現하고 안개로 화하여 서울 거리를 덮는다. 이 전신轉身과 윤회輪廻를 나는 알지만, 또한 모르지만.
　하지만 나도, 내가 노래할 시도 물이 된다. 오늘은 자기의 무게로 기어가는 물이지만, 내일은 어린 것의 눈썹에 맺히고 목마른 자의 가슴 속을 지나 당신의 처마에 궂은 가을 빗줄기로 걸리는 기나긴 여정과 순환에 나는 순리와 전신을 깨달을 뿐이다.

　박목월은 무엇을 노래하기보다 깊은 생각에 잠기고 있다. 인생이란 결국 무엇이며, 시란 결국 무엇이냐 하는 문제를 오십여 년을 살아온 시점에서 새삼스럽게 생각해 보고 있다.

　물은 눈으로 앞을 보며 가는 것이 아니라 '자기의 중량'으로 낮은 곳으로 기어가는 순리를 터득하고 있다. 그 또한 그 순리대로 자기의 무게에 밀려 살아온 것이 틀림없다. 그는 물처럼 살아온 이상 '흐르는 동안에 잦아져 버리는 물줄기'처럼 자연스럽게 잠적했다.

　그는 다시 '이슬방울'로 현신現身하고, 그리고 '은빛 빛나는 구름으로' 재생하는 그런 시를 쓰고 싶어 한다. 아니 지금까지 쓴 수많은 시가 그런 시이기를 바라고 있다.

　"한 사람의 시인을, 아무것도 묻지 않고 지적 혹은 도덕적인 결론을 기대하지도 않고, 시인이 주는 것을 마냥 그대로 순진하게 받아들이는 마음가짐으로, 진심으로 읽을 수 있는 사람에겐 그 작품은 그 자신의 언어로서 독자가 바라는 모든 회답을 줄 것이다"라고 목월이 좋아하는 헤세는 말하고 있거니와, 박목월의 인생과 시도 그러한 마음가짐으로 받아들이면, 우리가 바라는 모든 답을 줄 것 같은 생각이 든다.

　왜냐하면, 목월은 순리대로 시를 쓰면서 순리대로 인생을 살아온 시인이기 때문이다.

『무순』의 경지

　『경상도의 가랑잎』에서 시적인 실험보다는 나이를 생각하고 고향을 그리워하고, 인생을 생각하고, 시를 반성한 그는 시집 『무순無順』에 이르러 또 다른 변용을 일으키고 있다.

　다시 헤세의 말을 인용해 놓고 그 변용을 생각해 보고 싶다.

　또다시 나는 짧고, 아름다운, 외롭지만 가슴 설레는 시기를 경험하고 있다. 그것은 하나의 작품이 위험을 뛰어넘는 시기이며, 작품 속의 '신화적인 인물과 관계가 있는 모든 사고나 생활 감정이 가장 예민하게, 명료하게, 강렬하게, 내 앞에 서는 시기이다. 탄생하고 있는 작품에 집어넣으려고 하는 모든 소재, 경험, 사상의 전경은 이 시기에는 물의 상태, 다시 말하면 용해 상태에 놓인다.—지금 바로 이 시기를 놓쳤다가는 이 소재를 파악해서 형태를 부여할 수 없을는지도 모른다. 지금 쓰지 않으면 너무 늦을지도 모른다.

　시집 『무순』에 수록된 많은 작품들이 지금 쓰지 않으면 늦을지도 모른다는 절박감에서 제작된 것인지의 여부는 시인 당사자만이 알 수 있는 문제이나 시 하나 하나를 살펴볼 때 이상하게도 이렇다 할 허점을 남기고 있는 시가 거의 없는 것이다. 시 하나 하나가 그 자체로서 완결된 세계를 보이고 있다.

『무순』에서는 주로 한 가지 소재를 여러 개의 시각에서 응시하여 여러 편의 시로 추구하고 있는 것이 인상적이다. 「눈썹」 하나를 위해서 3편의 시를 썼으며, '사력질砂礫質'이라는 큰 제목 아래 17편의 시를 썼고, 「돌의 시」를 6편에 걸쳐 표현하고 있다.

이와 같은 하나의 소재에 대한 열정적인 추구는 결국 '지금 이 시기를 놓쳤다가는 이 소재를 파악해서 형태를 부여할 수 없을는지도 모른다'는 절박한 예감에서 온 것이 아닐까. 동시에 하나의 소재를 파악하는 데 하나의 시만으로는 미흡하다는 상승된 예술 정신도 아울러 작용한 것이 아닐까 하는 생각이 든다.

빈 것은
빈 것으로 정결한 컵.
세계는 고드름막대기로
꽂혀 있는 겨울 아침에
세계는 마른 가지로
타오르는 겨울 아침에
하지만 세상에서
빈 것이 있을 수 없다.
당신이 서늘한 체념으로

채우지 않으면
신앙의 샘물로 채운다.
그리고
오늘 아침에는
나의 창조의 손이
장미를 꽂는다.
로오즈 리스트에서
가장 매혹적인 죠세피느 불르느스를
투명한 유리컵의
중심에.
　　　　—「빈 컵」

　빈 것은 빈 것이기 때문에 그 자체로서 정결한 것이지만, 이
세상에 빈 것이 있을 수 없다. 만약 가슴이 비었다면, 마음이 비었
다면 신앙의 샘물로 그 빈 것을 채우면 되지 않는가 하고 지극히
정연한 논리를 제시하고 있다.
　이러한 논리를 제시할 수 있는 것은 그가 일찍이 신에 귀의하여
아픈 몸을, 고달픈 마음을 구원받은 체험이 있을 뿐만 아니라, 이
시를 쓰고 있는 시점에서도 그 신을 강하게 믿고 있기 때문이다.
　그러나 그는 어디까지나 시인이다.
　장미 중에서 '가장 매혹적인 죠세피느 불르느스를' 지난날 자기
마음처럼 비어 있는 '투명한 유리컵의/중심에' 꽂고 있다. 아무리
정결하더라도 빈 것을 그대로 비워둔 채로 두고 볼 수 없기 때문
이다.

물질의 형태와 정신을 일원화해서 자신의 아니 인간의 내면을
투시하고 있는 시이다.

　인간의 내면에 대한 통찰은 「눈썹·A·B·C」에서도 이어지고
있다.

　그러나, 그 시들이 무엇을 전달하려고 하는 것인지 알아차릴
수가 없다. 도대체 눈썹이란 무엇일까, 말할 나위도 없이 인간의
얼굴의 한 부분이다. 짐승들은 눈도, 코도, 입술도, 귀도 가지고
있지만, 눈썹은 안 가지고 있다. 인간과 짐승의 차이는 눈썹 하나
차이다. 그러니 엄청난 차이다.

　'눈썹이 없는 짐승들은/겁에 질린 검은 눈을/두리번거리며
방황할 뿐이다.' '우리들은 눈썹 위에 손을 얹고/기우는 햇살의/
시각을 가늠해 본다.'라고 「눈썹·A」에서 쓰고 있는데, 이것은
눈썹이 있는 인간과 눈썹이 없는 짐승의 차이라는 뻔한 사실, 그
자체를 전달하기 위해서 표현한 것이 아니라, 그 사실에 대한
목월 자신의 가치 부여를 의미한다.

　눈썹이 있는 인간은 인간으로서만 존재하지 않고 때로는
눈썹이 없는 짐승으로서 존재할 때도 있다고 다음과 같이 쓰고
있다.

　불안하고 겁에 질린
　짐승들의 검은 눈은
　우리의 것이다.

　「눈썹·B」에서는 '나는 눈썹에 두텁게 쌓이는 눈의 무게를

느끼며, 흐느끼며, 창마다 불이 환하게 켜진 채 침몰해 가는 엘리
자벳 퀸 같은 호화여객선의 화려한 생각을 하고 있다.'고 적고
있다.

K·S 랭거는 "시의 극치는 작품의 제작이. 낡아빠진 유형을
뛰어넘은 언어 조직에 의한 성과에 따라 도달되는 것"이라고
했지만, 위의 구절이야말로 박목월의 마음에 떠오른 환상의
공간을 기묘한 언어 조직으로 확대해서 나타낸 것이라고 본다.

이 시의 첫 연에서

흰 말의 무리가 달려와서는 앞부분이 팍팍 끊어지며 순간마다
침몰해 갔다. 해면에.
억의 억만 필의 흰 말은 천지를 휘몰아 올리는 회오리 바람 기
둥으로 뻗치며 휘휘 돌며 달리며 몰아치며 침몰해 갔다.

고 했는데 '흰 말의 무리'란 하얀 물거품을 일으키며 닥쳐오는
성난 파도의 보조관념이다. 그러나 원관념元觀念인 파도를
전혀 연상할 수 없을 정도로 그 자체로서 신비로운 이미지를
지니고 있다. '억의 억만 필의 흰 말'에 이르러서는 그것이 '분노의
바다'라고는 미처 생각할 수 없을 정도로 이상한 비전[夢幻]의
파노라마를 느끼게 한다.

끝련에 이르러 바다는 평온을 되찾았는데, 그 상태를 이렇게
나타내고 있다.

지금도 흰 말의 무리가 침몰한 해면의 그 냉엄한 평온의 절규는

마른 번개가 되어 땅을 울리고 있다.

「눈썹·C」에서는 태풍이 지나간 뒤의 지저분한 현실을 보여 주고 있다.

「돌의 시」 시리즈는 사색의 시이다. 거기서 박목월은 사물의 본질을 냉엄한 자세로 거듭거듭 생각해 보고 있다.

「중심에서」에서 그는 그 중심에서 나의 발길에 채이는 '한 덩이의 돌'을 행간에 세 번 반복하다가 끝에 이르러 '나의 발길에/툭 채이는/한 덩이의 돌' 하고 '툭'이라는 순간을 뜻하는 어구를 쓰고 있다.

결국, '한 덩이의 돌'은 그 자체로서 무의미한 물질이지만 '나의 발길에' 채일 때, 나로 하여금 무엇인가를 깨닫게 하는 순간적인 계기의 구실을 한다는 것이다.

그는 거기서 무엇을 깨달았을까. '사랑이어/사랑이어/사랑 이어'하고 반복하고 있다.

「좌향座向」에서는 '앉으면/그의 자리다' '앉으면 그것이 좌향이다'하고 읊고 있다. 그 자리 그 좌향은 원래부터 그의 것은 아니지만 일단 자리를 잡으면 잡는 동안만이라도 '뿌리를 내리는 돌의 깊이'로 앉아 좌향을 정할 수밖에 없지 않느냐는 것이다.

「강건너 돌」에서는 자신의 고독을 생각하고 있다.

이와같이 박목월은 '돌' 하나 하나에 관념을 적용하고 있다. 그리하여 스스로 적용하고 있는 관념 하나 하나가 그대로 의미를 갖는 것인지를 거듭거듭 생각하고 있다.

「사력질」이라는 표제 아래 쓴 17편의 시를 읽기에 앞서 생경한

언어인 '사력질'이라는 말을 쓴 이유가 무엇일까 하고 유추할
필요는 없다. 박목월은 자기 자신을 사력질의 인간으로 보고
있는 것이다.

앉는 자리가 나의 자리다.
자갈밭이건 모래톱이건

저 바위에는
갈매기가 앉는다. 혹은
날고 끼룩거리고

어제는
밀려드는 파도를 바라보며
사람을 그리워하고
오늘은
돌아가는 것을 생각한다.
바다에 뜬구름을 바라보며
세상의 모든 것은
앉는 자리가 그의 자리다.

「사력질」의 여러 시들은 기교적인 측면에서 분석할 성질의
작품이 아니다. 시 하나 하나에서 박목월은 세상의 이치를 잠언적
箴言的(aphoristis)인 톤으로 진술하고 있다. 점선으로 표시한 시구를
음미해 보자.

시멘트 바닥에
그것은 바싹 깨어졌다.
중심일수록 가루가 된 접시.
정결한 옥쇄玉碎(터지는 매화포)
받드는 것은
한번은 가루가 된다.

외각일수록 원형을 의지하는
그 싸늘한 질서
파편은 저만치
하나.
냉엄한 절규.
모가 날카롭게 빛난다.
―「하나」

하나의 틀에 끼워진다.
액자 속의 얼굴
수염도 자라지 않는다.
하나의 틀에 끼워진다.
뜨겁지 않는 불
흔들리지 않는 꽃
사각의 권위 속에
흰 눈자위의 샤머니즘.
하나의 틀에 끼워진다.

시는 죽고
존재는 탈색되고
죽음조차
틀에 끼워진다.
검은 리봉에 감긴 채.
들판에 흩어진 뼈다귀만
퍼렇게 살아 있다.
　　─「틀」

녹다 남은 눈
소공동 공사장 구석이나
청파동 후미진 뒷골목이나
망우리 응달 그늘에
퍼렇게 살아 있는 한 줌의 눈.
돌아가는 시민들의
무거운 눈길에
고독한 응결, 한 덩이의 눈.
내일이면 사라진다.
사라질 때까지의
허락받은 시간을
어린 것들의 부르짖음 같은 눈.
오늘을 더럽히지 말라.
　　─「시간」

그냥 헤어질 순 없지.
서로 오랫만인데
술이라도 한 잔 나누자는군.
그야 그렇지
월평선月平線 너머로 떠오르는
지구의 이편 구석에서
아는 사람끼리 만나
그냥 헤어질 순 없지.

어느 술집으로 들어가면
혀가 갈라진
저것은
몬스테리아.
―「몬스테리아」

한번 돌아누우면
고무신 뒷축 닳듯
모지라지는
인간 관계를.
오늘은
낙원동 뒷골목의 통용문처럼
무심한 우리 사이.
다만
지구의

저편 경사면으로 떠가는
달빛 산데리아.
밤 구름의 그림자
회색의 새
　—「회색의 새」

바람이 불고 있다.
날리는 구름 조각
하늘을 덮고
아이는 군軍으로 나갔다.
오늘
이
흔들리는 것은
무엇일까.
오는 것과 가는 것이
엇갈리며 부근거리는 물기슭.
밑바닥에서
끓어오른 소용돌이.
가는 자는 가고
물결처럼 밀리는 군중 틈에서도
없는 자는 없다.
결국 지구도
하나의 돌덩이
절대공간의 점 하나.

그것을
샨데리아로 불 밝힌
구름이 에워싸고 있다.
소멸의 치마폭으로 싸 안은 구슬.
다만
오늘이
바람의 신을 신게 하고
바람의 회오리바람의 휘파람의
채찍이 울리는
지상에서
나는
진한 피 한 방울이 된다.
─「오늘」

타오르는 성냥 한 까치의
마른 불길.
모든 것은
잠깐이었다.
사람을 사모한 것도
새벽에 일어나 목놓아 운 것도
경주에서 출발하여
서울에 머문 것도
타오르는 한 까치의 성냥불
다만

모든 성냥까치가
다 불을 무는 것이 아니다.
태반은 발화도 못하고
픽픽 꺼져가는 성냥개비.
그리고 빈 성냥곽을
멀리 던져버린다.
—「잠깐」

지구의 어두운 반구半球에서
밤눈이 밝은 고양이는
지붕을 타고 있다.
로키트는
절대의 공간을 달리고
처절한 별빛…
신은 밤에만 계시는 것이 아니지만
나를 밝히는 초 한 자루에
불을 밝히려고
성냥 한 까치의 그싯음.

지구의 어두운 반구에서
우리의 눈은 포도빛이 된다.
진정으로 아름다운 사람
진정으로 참된 사람아.
사람의 사람

평화로운 사람.

평화여.
조용하게 사는 일이여.
우주인의 눈에는
눈물 한 방울의 지구의
어두운 반구半球에서
나를 밝히는
성냥 한 까치의 그싯음.
지구의 암록색 반구에서
풀리는 나의 혼수昏睡
나의 윤곽輪廓
검은 물결로 내가 용해되면
어지러운 꿈으로 출렁이는 바다.
그 끝을 젖히고
새벽은 열릴 것인가?
진정 햇빛과 향기로운 바람과
자유.
내일 아침 나는
눈을 뜰 것인가.
―「밤에」

1
돌이 놓였다.

바람과 햇빛의 허허로운 풀밭에
결을 갈아 낸 반 평쯤의 대리석
그 돌에
한정된 의미를 베풀지 말자.
자연의 내 존재는
부르기에 따라 그것이 된다.
때로는 구름이 어리는 거울
때로는 바람이 쓰담아 주는 비석碑石
오늘은
내가 쉬고
내일은
비가 씻어준다.

2
간디의 비석에는
비문이 없었다.
그의 임종에 부르짖은
오 신이어!
한 마디가 새겨졌을 뿐.
그것이 퍼렇게 타고 있었다.
불길이 되어
타고르가 노래한
챔파꽃과
쟈스민의 덤불 사이에서.

190

간디스강 지류의
숲 사이에서
인도대륙의 심장부에서
피렇게 타고 있는
불길.
―「돌」

1
노우트를 편다.
시를 쓰기 위하여
붓을 대지 않는 그것의
순결한 처녀성.
그 정결한 공백은
이미 신과 접해 있다.
새벽의 상아의 말씀처럼
대리석 돌결의 말씀처럼
순수의 방향으로 타오르는
불꽃의 말씀.

2
돌을 갈아라 한다.
나의 연령이 내면의 갈구가
나의 묘비를 위하여.
석공은 남의 비석을 갈지만

나는 나를 위하여.
시인이든 농부이든
돌을 가는 자는 슬기롭다
그 자신의 묘비를 위하여.
결국 우리는 돌 안에 잠든다.
그 정결한 청산과 망각.
저녁놀에 물든 묘석을
바람이 어루만져 준다.

3
발을 멈추게 한 것은
청아한 솔소리가 아니다.
바람에 휩쓸리는
가지 사이로 보는 구름.
반일성지半日城址를 오르다
발을 멈추게 한 것은
청아한 솔바람 소리가 아니다.
몸부림치는 가지 사이로
영원과 무상無常.
지금 동행들은 앞서거니
혹은 뒤처져 따라오지만
몸부림치는 가지 사이로
내일은 구름으로 모이고 풀린다.

4
소리내어 기도하는 기도
그것을 나는 안다.
입을 다물고 하는 기도
그것도 나는 안다.
무한으로 만발하는 꽃의
그 정점을 나는 안다.
나의 무덤 가로 스쳐 갈 바람
그 바람 소리도 들었다.
다시 말하거니와
나는 처음 소리도 들었고
마지막 소리도 들었다.
나는 주인이 아니라는 것.
나의 주인은 어린 새새끼의
노란 입부리에서 미소 짓고
더운 입김으로
가랑잎을 썩혀 주신다.

5
내일 마무리하리라 하고
오늘 밤은 노트를 덮는다.
반쯤 시를 쓰다 말고
내일이 오리라는 것을
나는 확신한다. 오늘이 가면

다만
새로운 새벽빛에 어떻게
내가 눈을 뜨게 될 것인가.
나는 잠자리에서 아니면
연꽃 위에설까.
주인의 품 안에설까.
내일 필 꽃은
내일의 신의 프랜.
오늘 쓰다 만 시는
오늘의 봉오리
―「평일시초平日詩抄」

흔들리는 다리를
가누며 흔들리는 다리를
사람들은 건너가고 있다.
난간 쪽으로 열을 지어서
다리의
저편이 보인다는 것은
착각이다.
안개 속에서
눈앞에 확실하게 보이는 것은
지금이라는
좁은 시야
지나치고 나면 뒤도 어름하다.

다리를 건너서
우리가 가고 있는 곳은
어딜까.
지나온 것은 지나온 것이요
닿지 않는 것은 닿지 않는 것이다.
그리고 지금은
흔들리는 다리를
가누며 흔들리는 다리를
건너가고 있다.
더듬거리며 저편이 보이지 않는
안개 속에서
물론 우리는
저편에 닿게 될 것이다.
흔들리는 다리가 끝나면
하지만 누구나
자기가 바라는 곳에 이르게 되리라고
믿는 것은 착각이다.
대체로
전혀 생소한 곳에 이르게 된다.
그리고 마지막 난간에 의지하여
경악과 두려움으로
사방을 두리번거리게 된다.

―「가교假橋」

위에 든 박목월의 잠언은 사람들이 지금까지 미처 예기하지 못했던 것을 새로 발견하고 있는 것이 아니라, 충분히 누구나 예상하면서도 미처 느끼지 못하는 세상의 실상을 꼭 집어서 지적하고 있다.

박목월이 그러한 잠언을 남길 수 있었던 것은 정한모가 지적한대로 '미시적인 관찰로서 가늘고 고운 비단실 같은 정서를 실오라기를 가르며 눈으로 대상을 정관하면서 금은金銀을 다루듯 세공적인 작업'을 하면서도 그 나름대로 누구보다도 냉정하게 자기를 연구하고 자기를 인식하고 자기의 행위의 원동력을 해명해서 자기를 표현하려고 계속 노력해 왔기 때문이라고 본다.

자기 자신에 대해서 집중적인 주의력을 기울여 성찰하는 사람일수록 세상의 실상을 제대로 파악할 수 있다고 볼 때, 박목월이야말로 잠언을 남길 수 있는 자격을 가진 시인이라고 여겨진다.

이러한 박목월도 '이순耳順의 아침나절'을 맞이하게 되었다.

만 60의 고비를 넘긴 것이다. 바로 그날 아침 새벽 산책 결에 나서자,

오늘은
별난 날도 아닌데
이상하게
지팡이 끝이 툭툭 걸리는
―「산책길에서」

하고 느낀다. 자기 나이에 대범해지려고 하나 그렇게 될 수가 없었다. 그러나 그는 새로 다짐한다.

「이순」에서 이렇게 다지고 있다.

I

달포 가량

앓고

처음 잡아보는 만년필의

펜촉의 촉감이

너무나

미끄럽고 익숙하다.

이제 살아났군

펜촉이 속삭인다.

그래

그렇군

흘러내리는 잉크를 따라

샘솟는 생명감

그래

그렇군

만 육십의 고비를 넘기고

나의 수국색 시간

새로운 창조와

계시를 미끄러운 펜촉의

촉감이 다짐해 준다.

진실만을 엮어가려는
펜촉의 촉감에
내가 태어난다.
그래,
그것이 바로 '나'다.

Ⅱ
원고지에
잉크가 스며든다.
오늘의 물거품 안에서
순하게 빨려드는
잉크의 숙연한
수납受納
무엇 때문에
쓰는 것이 아니다.
오늘의 물거품 안에서
나의 문맥은
가는 귀가 먹은
밤으로 뻗치고
쓰는
그것의 진실을 위하여
쓰게 되는
이순耳順의
원고지에

순하게 스며드는
그것은 두렵다.
오늘의 물거품 안에서
느리게 자리를 옮기는
별자리
　　―「이순耳順」

　박목월은 스스로 다짐한대로 60의 고비를 넘긴 뒤에도 많은
시를 썼다. 많은 산문을 썼다. 그리고 많은 학생들에게 시를
강의했다.
　「무순無順」「무한낙하無限落下」「동침同寢」「겨우살이」「순한
머리」「승천昇天」「악기樂器」「첫날밤」「오늘의 눈썹」「밤구름」
「그냥」「지팡이」「비둘기를 앞세운……」「크고 부드러운 손」「샘」
「이주간二週間」 등 일련의 작품이 이 무렵에 나왔다.
　시 한 편 한 편을 읽어나갈 때, 그 일련의 시집에서는 앞에서와
같은 잠언적인 톤을 볼 수가 없다. 차분하게 갈앉은, 그러면서도
밀도 짙은 분위기를 머금은 수상적隨想的 표현이 앞서 있다. 시가
하나의 수상적인 것으로 느껴진다는 것은 시가 시인의 의도적
조작으로 억지로 표출되지 않고, 이미 시인의 몸에 시가 배어서
자연 발생적으로 흘러나 오는 것처럼 보인다는 뜻이다.
　박목월은 어느새 그런 경지에 도달하고 있는 것이다.

　너를 보듬어 안고
　구김살 없는 잠자리에서

몸을 섞고
너를 보듬어 안고
안개로 둘린
푸짐한 잠자리에
산머리여
너를 보듬어 안고
흥건하게
적셔적셔 흐르는 강물 줄기에
해도 달도 태어나고
동도 서도 없는
잠자리에
너를 보듬어 안고
적셔적셔 흐르는 강물 줄기여
너에게로
돌아간다.
—「동침」

눈 위에 눈이 왔다.
실로 가벼운 것들이
빛나는 것들이
뒤안 응달이나
담장 위에 오고 있다.
마른 보리빵 부스러기를 씹으며
올겨울에는

두 손으로 싸락눈을 받으며
지냈다.
올겨울의 눈도
이제 마지막일 것이다.
구름 아래서는
이런 것으로 위안을 얻거나
이런 기회에
화해하지 않으면
다른 도리가 없을 것이다.
마른 보리빵 부스러기를 씹으며
두 손으로 싸락눈을 받으며
나의 겨우살이
구름 아래서
그렁저렁 이런 것으로
위안을 얻거나
화해할 도리밖에 없을 것이다.
마른 보리빵 부스러기를 씹으며
실로 가벼운 것들을
빛나는 것들을
손바닥에 받아본다.
一「겨우살이」

늙은 사자의 머리를
무릎에 얹어두고

씨앗을 발라낸다.
거칠은 들판과
사나운 파도는 잠들고
나의 손바닥에
한 알씩 쏟아지는
검고 기름진 씨앗
어제의
설레이는 밤과
밤에 이어 열리는
찬란한 새벽과
금빛 수레를
하늘에 몰던
해바라기의 여름은 물러가고
적요한 나의 손바닥에
오늘의
나의 시.
황금빛 갈기도 바스러지고
빛나는 태양도 이울고
내리는 그들의
순하디 순한 머리를 맡긴
해바라기의 씨앗을 발라낸다.
—「순한 머리」

그리하여 그는 자신의 승천昇天을 담담하게, 그리고 엄숙하게 암시하고 있다.

  앓고 있는 밤사이에 눈이 내린
  눈부신 아침이었다.
  보이는 것이
  혹은 보이지 않는 것이
  승천하고 있었다.
  백병원 뜰에도
  달리는 버스 위에서도
  교회 지붕 위에서도
  하늘의 것은
  하늘로 돌아가고
  땅의 것은 땅에 남는
  그 현란한 회귀
  천사의 날개의 아른거리는
  그림자의 저편으로
  반사되는 빛의 함성
  그 속으로
  아기들이 달려오고 있었다.
  내 안에서
  파닥거리는 그것은
  무엇일까.
  하늘의 것은
  하늘로 돌아가고

땅의 것은 땅에 남는
신의 섭리.
지금
보이지 않는 저편으로
보이는 이편으로
발자국이 남는다.
순결한 눈 위로
천사들의
혹은 아기들의
돌아가는
혹은 돌아오는 맨 발자국.
—「승천昇天」

결론

　『청록집』에서 『무순』에 이르기까지의 박목월의 시적 변용의 과정을 추적하는 동안, 박목월의 인간적인 면이라든가 사생활, 문학 외적인 이력 등 정황적인 것을 검토하려고 하지 않았다.

　시를 작가의 생애와 관련시켜 하나의 심리학적인 기록으로서 읽고, 거기서 얻은 정황적인 지식에서 많은 의미나 개인적인 언급을 찾아보려고 하는 것은 시에 대한 모독이다. 그것은 시의 행간에서 억지로 진술을 만들어 내서 시의 의미를 크게 확대하여 허구로서의 시를 손상시키게 된다.

　이것은 랭거의 말이지만, 아무튼 박목월 시를 손상시키지 않기 위해서라도 그의 시 자체의 변용 과정만을 살펴보았다. 그러나 지금 와서 생각할 때, 시인 박목월이 하나의 인간으로 태어나서 남달리 열심히 살다가 간 사람인 이상, 그의 인간적인 모든 것을 파헤치는 것도 가치 있는 문학적 행위로 여겨진다.

　그리하여 이 책 앞에 부문에서 목월 자신의 글과 다른 문인들의 증언을 통해서 그의 인간적 성장 과정을 살펴보았다.

동시에서 환상과 향토를 사랑하다가 동시에서 탈피하려고 시인이 된 박목월은 초기 시를 통해 순수 무구한 서정을 보였으나 사람들에 의해 그것이 하나의 민요풍인 것처럼 오인되었다.

나는 위에서 그것을 민요풍이 아니라 동시적 기교의 투영으로 진단했으며, 『산도화』에서 박목월적 서정의 독자성을 밝혔다.

『난·기타』에서는 일종의 시적 위기를 찾아보았고, 『청운』에서는 그의 자아상을 추출했으며, 『경상도의 가랑잎』에서는 나이를 의식하는 자연스러운 인간적인 감정을 느꼈고, 『무순』에서 죽음을 예감한 시인의 잠언과 질박할 정도의 상승된 시적 분위기를 보았다.

조지훈 박목월 박두진

3

부록 · 박목월의 자전적 에세이

달빛에 목선 가듯

나는 20대의 태반을 경주에서 보냈다. 친구도 여인도 다방도 없는 경주에서 인생의 개화기를 맞이한 것이다. 그러나 그것은 지금 같은 시대에는 상상조차 할 수 없으리만큼 삭막한 불모 지대였다. 어머니와 누이동생 외에는 여자라곤 없는 천애의 유배지, 그런 느낌이었다.

고목이 우거진 고분 옆에 있는 초라한 하숙집에서 낮이면 직장에 나가 주판알을 튕기고 밤에는 시를 썼다. 고독했다.

혼자서 밤을 새우며 막연한 동경과 갈증으로 걷잡을 수 없는 고독감을 시로 읊은 것이다.

술을 배운 것도 그 당시다. 직장이 파하면 거리를 배회하고 술을 마셨다. 술을 마실수록 정신은 영롱하고 고독과 감정의 등골은 깊어졌다. 그럴수록 주량이 늘었다. 밤새 술을 마신 새벽 안개 속에 부푸는 가로등의 유정有情함을 알게 된 것도 그 시절이다.

안개가 피어오르는 새벽에 한 아름씩 부푼 거리의 등불은 황홀하게 슬픈 정경이었다. 그 전신주에 기대어 서면 항구를 느끼게 하였다. 죽음의 배가 떠나는 항구의 요란한 동라銅鑼 소리를 나는 환청으로 듣곤 했다.

그 무렵 소설가 김동리를 사귀게 되었다. 그도 문학청년 시절이었다. 다음 세대는 틀림없이 우리가 한국 문단의 주인이 된다고 동리는 몇 번이나 장담했다.

'3년. 앞으로 3년만 참아.'

이것이 동리의 신념이었다. 3년만 참으면 한국 문단은 우리의 손에 들어온다는 뜻이다. 지금 어느 의미에서는 한국 문단의 주인이라고도 할 수 있는 동리의 감회를 듣고 싶다.

그러나 문학에 대한 곧은 신념과 자신을 가진 그였지만, 고독하기는 나와 다를 바가 없다.

구강산 칡넝쿨은
청석 바위에 다 감기네
누가 이내 몸 생각하노?

이런 시를 읊으며 들길을 외롭게 걸어가는 키가 짧달막한 청년, 그가 김동리였던 것이다. 집집마다 앞마당에서 석류꽃이 벙글어지는 미美의 화신들은 찬물이 도는 새까만 눈동자를 깜박이며 천하에 가득했지만, 인연의 칡넝쿨은 우리에게 뻗어 오지 않았던 것이다.

동리와 어울려 소주만 마셨다.

동리의 중형仲兄이 경영하는 가게의 구석진 방안에서 소주잔을 홀짝홀짝 마시던 동리의 모습은 지금도 눈에 선하다. 문학하는 유일한 친구인 동리와 오래 사귈 수 없었다. 그는 서울로, 해인사로 떠돌아 다니다가 다솔사로 간 후 영영 소식조차 끊어져버렸던 것이다. 경주에는 나만 남게 되었다.

안타까운
마음은
은은히 흔들리는
강 나룻배
누구를 사모하는
까닭도 없이
문득 흔들리는
강 나룻배

이런 심정이었다. 누구를 사모하는 까닭도 없이 은은히 흔들리는 강 나룻배처럼 나는 하루도 감정이 잠잘 날이 없었다. 해일海溢하는 청춘의 꿈과 동경으로 출렁이는 감정의 설레임 속에서 나만 경주에 남게 된 것이다.

처절하게 외로웠다.

이 고독을 달랠 수 있는 길은 시를 쓰는 일. 시를 읊으며 처량한 고독의 달밤을, 수정水晶 남산南山의 그늘이 잠긴 골짜기를, 이슬이 자욱한 야심한 반월성을, 풀이 우거진 왕릉의 오솔길을 배회하는 것뿐이었다.

그런 어느 해 5월이었다.

저녁을 먹고 거리를 거닐다가 형언한 수 없는 감정이 가슴에
차오는 것을 느끼게 된 것이다. 5월의 섬세하게 풀리는 구름 한
오리 한 오리처럼 나의 가슴에 뭉클어진 고독의 덩어리가 풀려
온 우주에 충만해지는 '고독한 충만감'. 나는 지금도 그것을
적당하게 설명할 수 없다. 고독한 자만이 고독으로 충만해지는
황홀감을 짐작할 수 있을 것이다.

문득 '달빛에 목선木船 가듯이'라는 싯귀가 입술에 떠오르게 된
것이다.

달빛만이 출렁거리는 망망대해에 끝없이 떠가는 목선 한 척,
그 작은 섬 하나. 그 고독한 존재. 고독의 경건한 세계를 깨닫게
된 것이다. 이 신비로운 체험은 오래오래 가슴에 남았다. 고독이
가슴의 구석구석을 채워 공허와 갈증을 몰아낸 것이다.

'달빛에 독선 가듯이'라는 싯귀는 10년 가까이 간직하고
있다가 30대 초기에 이르러 「산색山色」이라는 작품을 빚게 되었다.
한 싯귀를 가슴속에 묻어 두고 10년 동안이나 그 감정의 성장을
지켜본 작품은 「산색」이 처음이었다.

어떻든 그해 7월에 「길처럼」이라는 작품을 썼다.

머언 산 구비구비 돌아갔기로
산구비마다 구비마다
슬픔은 일어
뵈일 듯 말 듯한 산길

산울림 멀리 울려 나가다

산울림 홀로 돌아 나가다.
어쩐지 어쩐지 울음이 솟고
생각처럼 그리움처럼

길은 실낱 같다.

뵈일 듯 말 듯한 청춘의 오솔길을 나는 뚜렷하게 사모하는
사람도 없이 어쩐지 울음이 솟는 심정으로 보낸 것이다.

이 작품이 『문장文章』지에 추천을 받아 말하자면, 시단詩壇에
데뷔하게 되었다. 그리고, 그해 8월에 나는 내 생애에서 가장 극적
인 동해안 방랑의 길을 떠나게 된 것이다.

바이올린을 전공하는 한 군과 함께 포항에서 삼척까지 해안
선을 따라 도보로 걸어갔다.

종일 바닷바람에 머리를 바래며 맨발로 모래를 밟으며, 끝없는
해안선을 따라 걸어가는 동안에 나는 가슴에 누적된 습기 찬
청춘의 고독과 형언할 수 없는 울분을 풀고 '절로 솟는 눈물'을
마르게 하였다.

가다가 지치면 모래 위에 담요 하나를 덮고 잤다. 누워서
바라보는 천체의 황홀한 신비, 바다 위에 나직하게―그야말로
나직하게―펼쳐진 12성숙星宿의 깊고 유원한 세계. 그 또렷또렷한
은빛 별떨기들은 하나 하나 나에게 영원을 속삭여 주는 것
같았다.

잠결에 듣는 깊은 파도 소리, 그것은 끝없이 큰 날개를 펴고
아득한 저편에서 부서지면서 몰려와 그 절정에서 한 박자의

호흡을 가다듬어 아득한 저편으로 날개를 접고 부서지면서 멀어져 가는 이와 같은 반복이 끝없이 되풀이되었다.

천체의 신비를 나직하게 안은 밤바다의 출렁거림에 비하면은 '누구를 사모하는 까닭도 없이 문득 흔들리는 강 나룻배' 따위의 눈물겨운 정서쯤은 실오라기 하나만도 못 되는 슬픔이요, 안타까움 같은 것이라 생각되었다.

여행은 20여 일에 끝나 버렸다. 노자도 떨어지고 날씨도 불순했기 때문이다. 그러나 이 여행에서 체험한 밤바다의 장엄하고 유구한 가락은 날이 갈수록 나의 가슴속에 깊이 파고 들었다.

겨우 나는 나대로의 안정을 얻게 된 것이다.

20세 초기의 불안과 공허와 갈증의 숨막히는 설레임에서 벗어나게 된 것이다.

강나루 건너서
밀밭 길을

구름에 달 가듯
가는 나그네

길은 외줄기
남도 삼백 리

술 익는 마을마다
타는 저녁놀

구름에 달 가듯
가는 나그네

「나그네」의 전편이다.

나의 20대 후반은 세계 제2차 대전이 절정에 달할 무렵이다. 전 인류의 불안과 절망의 도가니 속에서, 우리 겨레의 가장 깊은 암흑 속에서, 나의 청춘은 만개기滿開期를 거쳐 이루어질 징조를 보이게 된 것이다.

내가 사모하던 '임'이라는 말의 뜻도 인연이라는 말의 의미도 달라지게 되었다.

생명에의 불안과 암담한 운명과 현실 앞에서 사람을 사랑한 다는 의미가 달라져 버렸기 때문이다. 보장 없는 내일에의 불안 으로 오늘은 그대로 기적의 연속이요, 등을 기댈 수 있는 것은 피붙이의 따뜻한 한 가닥의 핏줄뿐이었다.

이 절박한 현실 속에서 '어쩐지 어쩐지 울음이 솟는' 나의 눈물은 말라 버렸지만, 임과 하늘을 갈망하는 나의 염원은 한결 같았다.

냇사 애달픈 꿈 꾸는 사람
냇사 어리석은 꿈 꾸는 사람

밤마다 홀로
눈물로 가는 바위가 있기로

긴 밤을
눈물로 가는 바위가

어느 날에사
어둡고 아득한 바위에
절로 님과 하늘이 비치리오.

공출미를 계산하고 전표 뒷장에 쓴 「임」이라는 작품이다.
아득한 바위에 절로 비치게 될 님과 하늘, 그것은 찬물이 도는
까만 눈동자를 가진 임이 아니다. 암흑 속에서 솟아나는 광명,
불안 속에서 살아나는 평화, 절망 속에서 희구하는 구원의
하늘이요, 임이다.

　나는 이 막다른 골목에서 남도적南道的, 향토적 세계에 침잠하게
되고 강나루 건너의 밀밭길이나 봄마다 흐느끼며 노랗게 피는
산수유 꽃을 노래하였다.

　다시 말하면은 구름에 달 가듯 가는 과객으로서의 달관을
바탕에 깔고 그 위에 뻗치게 된 남도 3백리가 20대 후반에 내가
걸어온 길이었던 것이다.

　'그즈음 나는 강나루 건너서 밀밭이나, 술 익는 강마을이나,
길은 외줄기 남도 3백 리 등의 향토적, 한국적인 세계를 묵화적
고담한 필치로 표현하려고 노력했다. 묵화에서 점 하나를 소중히
하듯 말 하나를 아꼈다.

　그런 의도 밑에서 이 '나그네'는 우리 고장에 봄, 가을이면
드나드는 과객들이거나, 혹은 우리들의 조상 때부터 맥맥이 이어

오는 핏줄에 젖은 꿈이거나, 혹은 한평생을 건너가는 인생행로의 과객으로서의 나 자신이거나, 그것을 헤아리지 않았다.

다만 생에 대한 가냘픈 꿈과 그 꿈조차 체념한 바람같이 떠도는 절망과 체험의 한갓 이미지로서 나는 '나그네'를 형상화하였을 뿐이다.'

이것이 「나그네」를 해설한 나 자신의 글을 다른 책에서 뽑아 온 것이지만, 사람을 사모하기보다는 바람이나 구름이나 달을 노래하게 된 것이다.

그러고 보면, 나의 20대는 정신적 동정으로서의 사모와 눈물에 젖은 것이며, 끝내 구체적인 임을 노래한 한 편의 작품도 없었다.

나의 30대 여명은 감격에서 동트게 된 것이다. 마음을 갈고 있던 바위에 임과 하늘이 비치고 눈부신 광명이 쏟아졌다. 해방을 맞이한 것이다.

새로운 삶의 보람이 북받쳐 오르게 되었다. 동리와의 재회, 지훈, 두진과의 교우, 좌익 계열과의 대결, 나의 생활에 눈부신 변화가 오게 된 것이다. 서울로 옮아 왔다. 그리고 문학에 취하고 우정에 취하여 살았다.

해방 후 청춘을 새로 접신接神했다. 이것은 동리가 술회한 말이다. 청춘을 새로 접신한 것은 동리뿐만 아니라 월정사에서 돌아온 지훈도, 안양에서 나온 두진도, 시골에서 상경한 나도 마찬가지였다. 아니, 어느 의미에서는 우리 겨레의 모든 사람이 자기대로의 청춘과 접신을 하였던 것이다.

참으로 우리는 뜨거운 핏줄과 가슴이 더워 오는 팽창한

나날을 보냈다. 문학 단체를 조직하고 서어클을 가지고 강연과 토론, 시에 대한 이야기로 밤을 밝혔다.

서어클에는 문학소녀들도 모였다. 나의 생활은 다채롭게 윤기가 돌았다.

그러나 나의 정신적 동정성은 그대로 계속되었다. 사랑에 대해서는 여전히 20대의 소극적 테두리에서 벗어나지 못했던 것이다.

꿈을 꾸네
꿈을 꾸네
대 낮에도 구으는
흰 수레바퀴
스스로 사모하는
나의 자리에
가는 숨결 고운 시간 꿈의 자리에
나 홀로 열매지는 작은 풀 열매

홀로 열매지는 작은 풀 열매처럼 나의 사랑은 가난하고 경건하고 소극적이었다. 꿈의 범위를 한 자국도 벗어나지 않았다. 내가 접신한 청춘의 하늘에는 형언할 수 없는 달무리가 잡혀 있었다.

그러나 내게도 '아가雅歌'의 세계가 찾아왔다. 6·25 사변 후의 죽음의 시간과 함께 싹트기 시작한 인간의 마지막 시련, 사랑에 눈을 뜨게 된 것이다.

나는 당신을 잉태했습니다.
나직한 푸른 핏줄
성모 마리아가 인자^{人子}를 잉태하듯
내가 마리아를 잉태했습니다.
그의 조용한 음성
그의 가는 목
그리고 설핏한 구름의 눈매
도란도란 귀에 익은 말씨의
그 서러운 이슬 하늘.

「아가」의 첫 연이다.

무성한 당신의 모발
그 풍족한 여유
청결한 당신의 피부
그 청아한 유혹
바람에 불꽃이 깃드는
동굴은 툭 틔어서
크낙한 말씀을
나는 잉태했습니다.

　20대 초기에서부터 아니, 내가 태어나는 그날부터 동경하고
갈구하고 희구해 온 미의 화신이 비로소 현신^{現身}하게 된 것이다.
나는 그의 모발과 피부를 노래하게 되었다.

6 · 25 사변 때의 극열한 죽음의 시간 위에 아로새긴 나의 사랑, 절망의 막다른 시간 속에 밤마다 나타난 인어공주, 그것은 모든 것을 포기한 죽음의 시간 속에서 획득한 생명의 찬란한 광채요, 장엄한 낙조落照다. 그러나 그것은 눈물 젖은 내 볼 위에서 승천해 버렸다.

흐릿한 봄밤을
문득 맺은 인연의 달무리를
타고 먼 나라에서 나들이 온
눈물의 페어리Fairy

사랑하느냐고,
지금도 눈물어린
눈이 바람에 휩쓸린다.
연한 잎새가 펴나는 그편으로 일어오는
그 이름, 눈물의 페어리.

「눈물의 Fairy」의 1절이다. 나는 그녀를 길거리에서 만났다. 눈발이 치는 날이었다. 그녀의 눈동자에도 끊임없이 눈발이 내리고 있었다. 내리는 대로 녹고 마는 허무하게 아름다운 눈발이 상징하는 그대로 인간에게 주어진 것은 모두가 소멸하는 것뿐이다. 다만 소멸하는 것의 의지를 인간은 영원과 결부하여 하나의 불멸의 영상을 그려 올리게 된다.

나는 그녀와 헤어지자 손목에 차고 있던 시계가 멎어 있는 것을

발견하였다. 이 우연한 사실이 하나의 운명적인 사실로서 내게는
결정적인 것이 되어 버린 것이다.

　이른 아침에 일어나
　꾀꼬리 울음을 듣기도 하고
　간혹 성경을 읽기도 했다.
　마태복음 5장을, 고린도 전서 13장을
　인왕산은 해질 무렵이 좋았다.
　보라빛 산외山巍 어둠에 갈앉고
　램프에 불을 켜면
　등피燈皮에 흐릿한 무리가 잡혔다.
　마음이 가난한 자는 복이 있나니…… 아아 그 말씀, 그 위로.
　그런 밤일수록 눈물은 베개를 적시고, 한밤중에 줄기찬 비가
왔다.

「효자동」이라는 졸작의 일절이다. 고린도 전서 13장은, '내
가 사람의 방언과 천사의 말을 할지라도 사랑이 없으면 소리
나는 구리와 울리는 꽹과리가 되고'로 시작되는 사랑의 세계를
타이르는 말씀이다. 또한, 그것은 내가 눈물로 건너온 30대의
격류의 세계다.

이 어슬픈 이야기에 끝을 맺을 때가 왔다.

저 구름의

그윽한 붕괴를
멜로디만 꺼지는 은은한 휘날레.
앞으로
내 날은 영원한 한일閑日.
주름살이 곱게 밀리는 조용한 하루.

마른 국화 대궁이가 고누는 하늘로
구름이 달린다. 모발이 소멸하는
구름이 달린다. 돛을 말며
마흔과 쉰 사이의 나의 하늘 아래

가늘게 흔들리는 뜰이여.

겨우 개었나부다.
눌변訥辯의 깃자락에 소내기가 묻어오는 그 하늘이

오늘은 구름이 갈라진 틈서리로
아아, 낭낭한 모음의 궁륭穹隆.
긍정의 환한 눈동자 안에
구름이 달린다. 모발이 삭으며
구들이 단다. 돛을 말며.

「한정閑庭」이라는 졸작의 일절이다. 무너지는 것은 무너지는
것으로, 맺어지는 것은 맺어지는 것으로 긍정하게 된 나의 환한

눈동자에는 모발이 삭은 저편에 가로 놓인 지평선이 선명하게 떠오른다.

　20대와는 다른 의미에서 이 공허한 동굴 안에 나의 앞날은 허전한 대로 평안한 '영원한 한일'이 되어 버린 것이다.

나는 허무 속에 타는 불이다

나는 어제와 오늘, 혹은 내일이라는 것에 관심을 가지고 그것을 시간적인 것으로 다루게 된 작품들이 몇 개 있다.

어제는 바람
오늘은 돌
간밤 꿈에서
나의 수레를 몬 구리빛 말
오늘은
갈기가 바스러진 구름

이것도 그와 같은 작품 중의 하나이다. 바람처럼 걷잡을 수 없이 동요하고 허황하게 충만하던 어제, 젊은 날에 비하여 오늘의 나 자신은 돌처럼 견고하게 건조해진 것이다.

그와 같은 심정을 노래한 이 작품에서 어제는 간밤 꿈으로 해석되어 있는 것이다. 어제, 과거가 간밤의 꿈처럼 허무한 것일까. 그것은 사람에 따라 달라질 수 있다. 그러나 적어도 어제가 꿈처럼 허무한 것이라면, 오늘이 그 허황한 꿈 위에 이룩된 것임에는 틀림없다. 왜냐하면, 어제의 연속 위에서만 오늘이라는 것이 우리에게 주어지기 때문이다.

참으로 오늘이 오늘로써 있게 됨은 어제라는 것이 있으므로 자각적인 것이 되며, 또한 오늘을 통하여 내일로 뻗어 간다.

이와 같은 어제의 의식 위에서 오늘에 대한 인식이 살아나는 그것이 이른바 역사의식이다.

위에서 보여 준 나의 작품이 인생에 대한 철저한 허무주의적인 것을 밑바닥에 깔고 있음은 어제에 대한 나의 해석이 꿈이나 바람으로서 단정하였기 때문이다.

바람이 불고 있다.
날리는 구름 조각이
하늘을 덮고
아이는 군軍에 나갔다.
오늘
이
흔들리는 것은 무엇일까.
오는 것과 가는 것이 엇갈리는
오늘의 부글거리는 물기슭.
밑바닥에서
끓어오르는 소용돌이
가는 자는 가고

물결처럼 밀려는 군중 틈에서도
없는 자는 없다.

이것은 「오늘」이라는 작품이다. 자식이 군에 입대하여 부모
곁을 떠난 후 부모로서의 공허와 불안감을 오늘이라는 시간적인
자각에서 노래한 것이다.

이 작품에서 '오늘'은 구름 조각이 날리는 시대적인 불안과
물결처럼 밀리는 군중 틈에서도 없는 자는 없는 부재의식을
통하여 부서지는 파도 머리의 부글거리는 물거품, 소멸의 그것으
로써 노래되어 있다.

'오늘'이라는 말은 과거에 대한 현재, 혹은 전대前代에 대한 현대,
좀 더 일반적인 것으로서는 어제에 대한 현재를 말하는 것이다.
하지만 엄밀하게 따지면 어제에 대한 오늘도 현재라는 것에 대한
실감적인 것이 못 된다. 인간에 주어진 현재라는 것은, 미래와
과거가 부딪친 순간에서만 실재적, 실감적인 것일 수 있다.

말하자면, 지금 이 순간. 그것은 우리들의 발밑에서 끝없이
붕괴되어 가는 모래톱 같은 것이다. 그러므로 우리는 이 붕괴의
연속적인 것 위에서, 가장 싱싱한 자각이 살아나게 되면, 시간에
대한 그와 같은 자각을 통하여 우리들의 생활은 밑바닥에서부터
긴장해질 수 있다.

결국 지구도
하나의 돌덩이
절대공간의 점 하나

그것을
샨데리아로 불 밝힌
구름이 에워싸고 있다.
소멸의 치마폭으로 싸안은 구슬.
다만
오늘이
바람의 신을 신게 하고
바람의 회오리바람의 휘파람의
채찍이 울리는
지상에서
나는
진한 피 한 방울이 된다.

「오늘」의 제2장이다. 결국 지구도 하나의 돌덩이, 절대공간의
점 하나. 이것은 우주적인 의식에서 나 자신에 대한 성찰. 절대
공간의 점 하나인 지구 위에서 '나'라는 존재의 미소성, 그와 같은
성찰에서 우리에게 주어진 시간은 소멸의 치마폭으로 싸안은
구슬, 이 허무한 삶에의 의지 속에서 나는 어버이로서 군에 간
자식에 대한 애정으로 말미암아 한 방울의 진한 피가 되어지는
것이다.

내일 마무리하리라 하고
오늘 밤은 노트를 덮는다.
반쯤 시를 쓰다 말고,

내일이 오리라는 것을
나는 확신한다. 오늘이 가면
다만
새로운 새벽에 어떻게
내가 눈을 뜨게 될 것인가.
그것은 나도 모를 일이다.
나의 잠자리에서가 아니면
연꽃 위에설까,
내일 필 꽃은
내일의 신의 프랜
오늘 쓰다만 시는
오늘의 봉오리.

이것은 「평일시초平日詩抄」 중의 한 편이다.

어느 날 밤. 시를 쓰다 피로하였다. 반쯤 쓰다가 내일 마무리
하리라 생각하고, 노트를 덮었다. 그리고 불을 끄고 잠자리에
들었다.

하지만, 과연 내일이라는 것이 우리에게 주어질 것인가, 그것은
우리도 모를 일이다. 내일이라는 미래의 시간은 신의 영역에 속해
있기 때문이다. 오늘 밤 자는 동안에도, 신의 부르심을 입으면
우리는 떠나지 않을 수 없다. 그러므로 '내일 필 꽃은 내일의 신의
프랜이요, 오늘 쓰다만 시는 오늘의 봉오리'에 불과한 것이다.
그런 뜻에서 우리에게 내일이라는 것은 하나의 가정에 지나지
않는 것이다.

우리는 늘 신이 베풀어 주는 순간마다 새로운 영역 속으로 달리는 하나의 모험자요, 개척자요, 영원히 신선한 것을 탐하는 미식가이다.

그야말로 내일이라는 그 순백한 것이 오늘―현재를 통하여 어제―과거로 빠져 나가는 과정에서 우리들은 그 나름의 인생을 채색하게 되는 것이다.

우리의 삶은 순간마다 무너지는 시간의 붕괴 속에서 성립되는 것이며, 그러므로 우리의 불안과 허구는 근원적인 것이다. 하지만, 그와 같은 붕괴와 허무 속에서 불멸의 것을 추구하려는 의지야말로 우리들의 삶의 자세일 것이다.

별은 영원히 변하지 않는다

　이탈리아의 수정처럼 맑은 하늘에 밤마다 빛나는 별을
쳐다보며 갈릴레오는 평생을 보냈을 것이다.

　해가 저물고 방안에 어둠이 깃들면 갈릴레오의 연구실은 어둠
속에 가라앉아 버린다. 갈릴레오는 비로소 마음이 느긋하게
편안하고, 밤이 지니는 은은하게 푸르고 신비로운 기운이 자기를
에워싸는 것을 느꼈으리라.

　의자를 연구실 유리창 가까이 끌어 놓고,

　별을 쳐다본다.

　갈릴레오의 총명한 눈동자 안에 별은 꽃송이처럼 피어난다.
갈릴레오가 평생을 보아 온 별은 밤마다 새로운 뜻에 환하게
빛나는 눈을 뜨고 또한 밤마다 새로운 진리의 그윽한 속삭임을
나직이 일러주었을 것이다.

　…… 아아.

　늙은 갈릴레오는 백발이 성성한 고개를 조아리고 이 영원히
새로운 총명, 신선한 광채, 또한 다정한 눈짓 앞에 긴 한숨과

더불어 놀라움에 가득 찬 감탄을 마지 않았으리라.

갈릴레오는 밤마다 바라보는 별에서 학자로서의 조그마한 지식 이상의 우주의 신비의 영혼의 황홀한 회화를 느꼈으리라.

……별을 보라.

우리가 풀 수 없는 깊은 의혹에 빠졌을 때, 혹은 고뇌의 어두운 불꽃이 이마 위에 피어날 때, 별을 쳐다볼 수 있는 심정이야말로 벌써 구원의 힘찬 목소리에 귀를 기울이는 일이다. 진실로 절망의 탁한 강기슭에 앉았을 때 별은 한결 그 광채를 새롭게 할 것이다.

여러분이 만일 '인생'이란 무엇일까? 하는 의문이 일어났을 때, 혹은 자기의 생명이 지니는 뜻을 해명하고 싶은 충동을 느꼈을 때, 또는 어느 사람에게서 저버림을 받았을 때.

내가 충고를 드릴 수 있다면, 사람들이 이룩한 교훈과 경험의 세계에서 위로를 받으려 생각하지 말라고 일러 줄 것이다. 다만, 깊은 밤, 만물이 조용히 모습을 거두고 스스로 영혼 안으로 돌아가서, 고개를 지우고 쉬는 밤 뜰에 나가기를 권하리라.

자정이 지나면, 촛불조차 빛을 가다듬고 모습을 달리한다. 밤의 정숙 안에 불꽃이 스스로 엄숙해지는 것이다. 불꽃은 불꽃에서 밤의 깊은 침묵을 모아서 한 오리 빛으로 피어오른다.

그럴 무렵에 뜰에 나가면, 그 크고, 찬란하고, 조용히 서러웁고, 크낙하게 신비로운 밤하늘의 수심겨운 얼굴이 당신의 영혼을 굽어보리라.

또한, 갈릴레오의 눈동자 안에서, 오묘한 진리를 속삭이던 영원히 새로운 총명한 눈짓들이 당신을 굽어보리라. 그 별의 찬란한 진리의 꽃밭을 기도드리는 마음으로 쳐다보고, 마음의 괴로움, 혹은 의혹을 호소하라.

이슬이 나뭇잎을 적시는 밤 돌다리 위에서 한밤을 자지 않고 울고 지즐대는 새 소리의 낭랑한 목소리가 즐거운 밤에는 숲 그늘에서 어두운 영혼의 눈을 밤하늘로 돌려서 별을 보라.

별은……

당신의 숨찬 의혹을, 혹은 가슴이 터지는 슬픔 위에 가닥마다 환한 대답을 주리라.

진실로 별은 큰 의혹을 지닌 자에게 확고한 대답을, 슬픔으로 몸부림치는 자에게는 은근하고 부드러운 위로의 말씀으로 그 품 안에 싸안을 것이다.

별은 대답이요, 위로요, 또한 자연의 그윽한 이치를 깨우쳐 주는 엄청나게 선명한 종소리와 같은 것이다. 이 별에서 얻은 대답, 위로, 깨우친 이치는 별 자체처럼 변하지 않고, 영원히 당신 마음 위에서 마음을 비치고 마음을 이끌 것이다.

'……동방의 학자들을 예수님이 나신 구유로 이끌어 온 별이 지니는 그 능력, 목자에게 예수의 탄생을 고告한 그 별의 영 광, 보리수 그늘 아래서 묵상에 잠겨 있는 석가여래를 감싸서 은근하게 어렸던 그 신비……'

별은 영원히 변하지 않는다.

다만, 그것을 구하는 자에게만 이루어 줄 뿐이다. 우리가 고뇌의 그늘진 이마를 별로 돌리기만 하면은 별은 스스로 그 능력을 나타낼 것이다.

당신이 마음의 환한 창문을 찾아낼 수 있을 만큼 강력하게 또한 명백한 증명으로……

여러분이 별에서 아무런 계시를 받지 못하면, 그것은 별의 능력이 부족한 탓이 아니다.

당신이 지니는 고뇌나 의혹이 일시적인 것이나 피상적인 것이기 때문이다.

또한, 별을 별로서만 보았기 때문이다. 마음의 문을 열고 영혼의 뜰안에 나서지 않았기 때문이다. 시냇물이 나직하고 청명하게 소리를 내며 흐르는 영혼의 뜰안에 우뚝하니 혼자 앉아 보라.

진실로 별을 바라보는 것은 밖으로 향한 눈을 모아서 자기의 영혼을 바라보라는 뜻이다. 자기의 영혼을 조용한 눈으로 바라보는 거룩한 모습이야말로 별을 바라보는 일이며, 영원한 것에 귀를 기울여 비로소 별의 찬란한 음성을 들을 수 있을 것이다.

'마음이 가난한 자는 복이 있나니' 예수님의 말씀이다. 제자들을 산 위에 모으시고 마음을 맑게 가리 앉히신 예수님께서 부드러운 음성으로 제자들에게 일러주셨을 것이다.

별의 음성이요, 속삭임이다.

인도의 깊은 수풀가에 석가여래가 달빛처럼 앉아 계셨으리라. 보리수 가지가 실바람에 은근히 속삭이는 밤이다. 보리수는 석가여래처럼 표정이 없다. 바람이 부는 대로, 그 신비스러운 가지가 너울거릴 뿐이다.

삼경三更……

석가여래는 오랜 명목瞑目에서 눈을 떴다. 총명한 눈…….

보리수 가지 위에 초록빛 환한 별이 빛난다. 석가여래는 물끄러미 별을 바라보는 동안이 입 가장자리로 은근한 미소가 떠올랐다.

그의 흰 이마에 별빛이 차가웁다.

석가여래는 손을 들어 별을 가리켰으리라.

여러분은 별을 바라보는 동안에, 스스로 마음에서 우러난 느긋하고, 편안하고, 정숙한 기쁨이 솟아날 것이다.

그때 머금는 조용한 미소.

바로 석가여래의 입 가장자리를 스쳐 간 미소다.

그날 밤, 당신은 편안히 쉬게 될 것이다.

여러분의 의혹과 슬픔의 해명을 말로써 표현하려 애쓰지 말라. 해명한 소리를 말로써 되씹으려 해서는 안 될 것이다. 이미 별을 향하여 앉은 마음의 자세, 그것이 해답이요, 이름이다.

그 침묵한 마음의 자세가 이룩한 것의 해명을 말로써 나타내려 하기 때문에 또 다른 의혹 속에 빠질 것이다.

별을 바라보는 마음의 자세, 그때 지니는 얼굴 모습으로 사람을 대하고, 사물을 겪고, 생각하라.

침묵……

이것이야말로 완전한 말씀이기 때문이다. 꽃을 보라. 달이 없이 항상 크신 말씀 안에 미소를 머금고 있는 것이다.

밤

　요즈음 몇 달은 밤에 일하는 버릇이 들었다. 낮은 낮대로
허전하게 소란스러워 좀처럼 붓이 잡혀지지 않는다. 그러나 밤이
되어 램프에 불을 물리게 되면은 비로소 마음이 가라앉고, 불처럼
나직한 고독 안에 정숙해진다.
　이때야말로 집필하기에 가장 좋은 시간이다.

　전등은 아예 바라지도 않는다. 일을 하기 위여 저녁녘이면 램
프의 등피鐙皮를 닦는다. 엷은 유리 등피에 입김을 불어 넣으면
등피는 스스로 어름한 봄 안개처럼 무리가 잡히고 뽀얗게 입김에
어두워진다. 말 못하게 슬픈 모습이다.
　실은 내가 밤을 좋아하며 밤이라야 집필할 수 있는 버릇도
이렇게 내 마음속에 고독한 심정의 나직한 무리가 잡혀야 하는
것일까.

　밤도 자정이 지나면 램프의 불꽃이 스스로 빛과 모습을 달리

한다. 한결 정숙해지는 것이다. 기도의 자세다. 원고지 한 장을 겨우 비칠 만한 그 새하얀 불빛이 하얗게 질려서 한없이 깊은 기도의 심정으로 원고 뒤에 앉는 것이다. 황홀한 아름다움과 슬픈 눈짓 안에 새하얀 원고지…….

나는 붓을 멈추고 고개를 든다.

밖에는 이슬 같은 밤의 침묵이 내리는 것을 청각으로 느낀다.

담배를 피워 물고 앞 마루에 나앉는다.

별들을 이처럼 가까이 느껴 본 적이 없다. 참으로 별은 별대로 조용한 이야기와 눈짓으로 나를 눈여겨 보아주는 것이다. 지금까지 내가 쓴 말들이 하나하나 살아서 별과의 대화로 돌아가는 것이다.

나는 시인이라는 슬픈 숙명을 다시 곰곰이 생각해 본다. 이렇게 초록빛 눈을 뜨는 그 무한한 서글픔과 설움과 또한 서러운 정으로 가득한 누리 안에 나 홀로 별을 바라볼 수 있는 이 심정만으로 감히 시인이 된 자신을 뉘우치거나 저주하지 못하리라.

진실로 슬픔을 아는 자에게만 슬픔은 황홀하게 아름다운 것이다.

언제부터 나는 밤하늘이 좋아졌는지 모른다.

그 무한하게 허막한 누리 안에 깊은 뜻을 머금고 잠잠한 밤하늘은 내가 하고 싶은 모든 영원이나 꿈이나 소망을 간직한 채 깊이 가라앉은 그 모습이다.

밤하늘을 바라보는 동안에는 내 가슴 속에서 한량없는 말이

뿌듯이 크고, 벅찬 기도처럼 자리 잡는 것이다. 그래서 그것은 구태여 중언부언 문자나 말로써 표현할 필요조차 없는 것이다. 다만 바라보는 것으로, 혹은 가만히 귀를 기울이는 것으로 충만하며 홍감하며 누긋하게 평안한 것이다.

이 누긋하게 평안한 밤하늘에 조용히 기대 섰는 나의 영혼을 나는 약간 측은한 눈으로 바라보면 그만이다.

성좌星座는 또한 얼마나 황홀하게 슬픈 것일까. 초록빛 하나하나에 이미 내 마음속에 스쳐 간 무수한 슬픔들이 그곳이 모여서 한 개의 모습은 이룩하여 내려다보는 것이다.

이럴 때 나는 벌써 내가 아니다. 먼 산마루에 오랜 밤의 넋 안에서만 자라나는 한 그루 수목 같은 것이다. 내일 아침이 열려서 인간으로 다시 눈을 떠야 할 자신이 슬퍼지는 것이다. 다만 수목같이 잠잠한 고독 안에서 조용히 눈을 뜨고 감고 영원한 것으로 돌아가 버리고 싶은 것이다.

죽음만큼 황홀한 수 있는 것이 또 있을까.

죽음은 그야말로 소멸이나 종언이 아니다. 내 육신이 스스로 영원한 시간으로 돌아가서 그곳에서 환하게 눈을 뜨는 일이다.

나는 성좌를 바라보면서 가만히 목숨을 거둔 헤아릴 수 없이 많은 사람들을 생각한다. 한때는 나와 같이 눈을 뜸으로 해서 죽었던 사람이 진실로 눈을 감음으로 해서 영원한 뜻 아래 새로운 모습으로 살아난 분들…… 그분들이 지금 성좌 안에서 소롯이 내게 눈짓하는 것이다.

괴로운 것은 영원히 괴로울 수 없다. 괴로움은 괴로움으로서 한때를 지나가는 것이다. 또한 그 괴로움은 죽음이라는 사실을 거쳐서 누긋하게 평안하고 서럽고 어둡게 환한 영원히 아름답고 끝없이 즐거운 것으로 돌아가 버린다.

'서러운 우리 아가 잘 자렴.'

성좌가 타일러 주는 것이다.

밤 하늘에는 이름도 모르는 새들이, 모습도 보이지 않는 채 어지럽게 울며 날아간다.

나는 비로소 풀밭같이 평안한 마음으로 방에 돌아간다. 방에는 램프 불빛 아래 새하얀 원고지가 나를 기다리고 나를 반기며 내 영혼의 소롯한 기도의 말을 가만히 감싸주려는 듯이 펼쳐 있는 것이다.

나는 원고를 쓰는 것이 아니다. 원고지 위에 내 영혼의 기도가 낭랑히 종소리처럼 우는 것이다.

시를 쓰는 마음

시를 동경하고, 시를 쓰는 마음을 수목과 같은 것이다. 수목이 밝은 햇빛과 푸른 하늘에 그의 동경의 손을 뻗고, 또한 자연의 맑은 정기를 모아, 그 스스로가 정결하듯 시를 쓰는 마음이야말로 이 정결한 동경과 무한한 아름다움과 영원한 생명의 애절한 꿈을 사모하는 일이기 때문이다.

또한 수목은 그 자체가 자연의 부분을 이루어 아름답듯, 시를 쓰는 마음은 스스로 완전한 아름다움을 이루려는 심정일 것이다.

시를 쓰는 일은 무엇보다 '말'을 사랑하는 일이다.

모든 문학이 그렇듯, 시도 언어로써 이룩하는 예술이다. 그러므로 아무리 오묘한 꿈이나, 동경이나, 사상이나, 느낌일지라도, 그것을 말로써 표현할 능력을 지니지 못하면, 이미 그는 언어로써 창조하는 능력이 없는 사람이다. 이것은 곧 시인이 아니라는 뜻이다.

그러나 이런 언어의 능력이란 말을 사랑하지 않는 자에게 베풀어지지 않는다. 그러나 '말을 사랑하라'는 뜻의 '말'이라는 것은, 그야말로 '언어'만을 지적하는 것이 아니다. 말이 곧 우리의 생명이요, 우리들의 사상이나 느낌을 구체적으로 표현하는 것이기 때문이다.

말이 지니는 오묘한 뉘앙스나 교묘한 표현은 그것이 우리들의 진실한 감정이나 뜻의 터전 위에서 이루어지지 않는 한, 환언하면 이런 '자기 안의 성실감'이 뒷받침하지 않는 한, 그것은 실로 허수아비의 수작에 불과한 것이다.

그러므로 '말을 사랑하라'는 것은 자기의 사상이나 느낌을 스스로 소중히 여기는 자기에의 충실이 필요한 것이다.

내 가슴 안에 빚어지는 한 오리 느낌, 혹은 한 가닥 뜻에 대한 성실한 보살핌과 깊은 탐구의 눈을 돌려서 그것을 표현하는 말에 사랑이 깃들게 되는 것이다. 이것이야말로 시를 빚는 사실, 창작 생활과 그 작품을 빚기 위한, 시인으로서의 내적인 생활과의 내외의 합일적인 생활이 깃드는 것이다.

그러나 언어는 어디까지나 한갓 약속에 불과한 부호가 지닌 성격에서 벗어날 수가 없다. 이것은 슬픈 일이다. 우리가 시를 쓸 때 겪는 고심의 태반은, 이 부호적인 언어에 인간의 영성 靈性을 베풀려는 노력을 어떻게 더할 것인가이다.

릴케도 '인간의 아무리 사소한 일일지라도 언어로써 표현할 수 있는 곳에 이루어지지 않는다'라고 말하였다. 그것은 사실이다. 우리가 일상생활에서 쓰이는 말은, 다만 우리들의 막연하고 그리고 개념적인 의사소통에 불과한 것이다.

'나는 당신을 그리워합니다.'

어느 사랑하는 사람들이 나누는 이 일언편구一言片句에 혹은 '그리워했습니다.'라는 이 한마디 말에 얼마나 한량없고 미묘한 감정이 깃드는 것이랴. 그 한량없고 미묘한 감정을 '도저히 말로 표현할 수 없습니다'라고 고백하는 경우에 그 고백 속에는 또한 얼마나 애타는 심정과 언어의 미비함을 한탄하는 원망이 스민 것이랴.

시를 쓰는 마음은, 이 인간의 체험과 언어 사이의 괴리를 메꾸려는 끝없는 행위인 것이다.

'동경이 눈 뜨는 곳에 감동이 물결 친다'는 말이 있다.

헤세의 『향수』라는 소설에.

'너른 세상이라 할지라도 구름을 나보다 더 잘 알고, 나보다 좋아하는 사람이 있거든 대 보라! 혹은 세상에서 구름보다 더 아름다운 것이 있거든 보여 달라!

구름은 오락이고 눈을 돕는 것이다. 구름은 축복이요, 신의 선물이다. 구름은 노여움이요, 죽음을 이기는 힘이다. 구름은 갓난아기의 마음보다 어질고 부드럽고 평화스럽다. 구름은 천사처럼 아름답고 넉넉하고 베푸는 것이다. 구름은 죽음의 심부름꾼처럼 어둡고 침울하고 피할 수 없고 용서가 없다.

구름은 은백색의 비단결처럼 떠돈다. 구름은 유쾌하게 샛하얗고 금빛 선을 두르고 돛을 달아 달린다. 구름은 노랗게 빨갛게 푸른 빛이 떠도는 빛깔을 하고 머물러 쉰다.

구름은 살인자처럼 침울하게 발자국 소리를 죽여가며 걷는다. 구름은 아우성을 치며 미친 기사騎士처럼 뒹굴고 구울며 내닫는다. 구름은 우울한 은둔자처럼 서러우며, 꿈꾸며, 적막한 반공에 걸렸다. 구름은 행복한 섬들의 모습을 하고 축복하는 천사의 모양을 가졌다. 구름은 위협하는 손, 퍼덕거리는 돛 폭, 떠 헤매이는 학鶴을 보았다.

구름은 하늘나라와 가난한 땅 위의 중간을 모든 인간의 그리움의 아름다운 초상이 되어 오락가락하였다. 하늘과 땅에 속하는 구름은 지상의 꿈이다. 그 꿈으로써 인간은 오점이 굳은 정신을 순결한 하늘에 닿게 된다. 구름이야말로 모든 방황의, 모든 구하는 것의, 동경한 것의, 고향을 그리는 마음의 상징이 었다. 마치 구름이 하늘과 땅 사이에 조마조마하며 그리워 하며 반항적으로 걸려 있는 것과 같이 인간의 마음은 시간과 영원 사이를 불만스럽게 그리워하며 반항적으로 걸려 있는 것이다.

아아! 구름, 이 아름다운 오락가락에서 쉬지 않는 것이여! 나는 철없는 아이였다. 그리고 구름을 사랑했다. 구름을 바라보았다. 그리고 구름처럼 인생은 지나갈 것이다. 방황하면서, 어디로 가나 착심著心하지 않고, 시간과 영원 사이를 오락가락할 줄은 꿈에도 몰랐다. 어릴 때부터 구름이야말로 나의 벗이요, 자매였던 것이었다. 내가 그 길을 질러가려면, 벌써 우리는 서로 머리를 숙이고 인사를 건네며 잠시 동안 눈길이 마주치는 것이었다.

또한 내가 그때 구름에서 배운 것, 다시 말하면 구름의 갖가 지 형태, 색, 거취, 유희, 원무圓舞, 무도의 휴식, 또한 구름은 수상스럽게 지상적이며 동시에 천상적인 이야기를 잊을 길이 없었던 것이었다.'
라는 대목이 있다. 그가 없는 구름에 대한 그의 동경에서 우러난 물결치는 감동을 엮은 때문일 것이다. 구름은 축복이며 신의 선물이며, 또한 구름은 죽음의 사자며 우울한 은둔자인 이 변화무쌍하고 그런대로 속절없이 소멸하는 구름이야말로 헤세에게는 하염없는 생명에 깃드는 영원한 아름다움의 찰나적인 모습들이며, 그것은 곧 그의 사상이요, 뜻이요, 꿈이었으리라.

그래서 헤세는, 어느 누구보다도 꿈이 짙게 깃든 눈동자를 하늘로 돌린 것이리라. 그 높은 동경의 눈을 들어 바라보는 그 눈동자에 어리는 구름 송이…… 그 구름 송이가 싣고 가는 헤세의 깊은 마음의 흐느낌. 이것은 비단 헤세의 경우에만 그치는 것이 아니다. 누구나, 그의 마음속에 시를 갈모渴慕하는 자의 가슴에는 이런 동경과 감동이 고이는 것이다.

우리가 참된 것, 착한 것, 아름다움에 대한 동경을 지니게 되면 우리는 주위의 모든 사물, 혹은 우리가 겪은 아무리 어엽잖은 일일지라도, 그것에서 우리는 자기가 높이 사모하는 것의 모습을 느낄 수 있을 것이며, 그것으로써 한결 깊은 감동을 불러 일으키게 될 것이다.

이 깊은 감동을 항상 가슴에 모으는 자신을 상상해 보라. 우리는 또한 얼마나 넉넉한 사람일 것이냐. 한 오리 흔들리는 바람결에, 혹은 들에 자란 어엽잖은 한 포기 갈대에 우리의 꿈은 스스로 부풀고 그것에서 때로는 영원한 것의 눈짓을 엿보고 속절없는 것의 속삭임을 듣고, 혹은 정성을 다한 기도하는 것의 그 깊은 마음씨를 느낄 것이다.

우리가 아무리 자기 안에 귀를 기울여, 그 심령의 고동을 엿듣고, 혹은 오묘한 느낌을 말로써 표현하고 또는 깊은 동경을 지니기로서니 그것으로써 시가 이루어지는 것이 아니다. 실로 시를 이룩하게 되는 것은 그것을 이루려는 마음이다. 이것은 우리가 인생에 대한 동경과 뜻을 달리한 또 하나의 창조에 대한 동경일 것이다.

이 창조의 동경. 환언하면, 창작 의욕, 이것이 시를 쓰는 직업적인 의욕일 것이다. 조지훈은 영감을 주의력의 집중이라 했으나 창작의 의욕이 발동한 특수한 감정 상태에서 우리는 아름다움이나, 참된 것이나 인생에 대한 동경을 우리들의 감정 위에서 새로이 그것이 질서를 주고 새로운 우주를 이룩하여 완전한 형상으로서 구체적으로 잡게 되는 것이다.

이 창작으로 말미암아 우리는 창조자로서의 크나큰 충만감을 느낄 뿐만 아니라, 이 창조적인 작업으로써 우리는 스스로 생명의 완전한 연소를 체험하고 그것의 밝음과 어둠이 한결같이 던지는 축복 속에 영혼의 정결을 느끼며, 또한 그것으로써 자기를 재발견하는 기쁨을 지니게 되는 것이리라.

시인의 잠적

6 · 25 전쟁 때의 일이었다. 술이 거나하게 취한 조지훈은 모교수를 따라 어느 군인 집으로 찾아갔다. 그 군인이라는 분은 지훈이나 지훈과 함께 간 교수의 옛 제자로서 요직에 있는 분이었다.

그러므로 피난살이의 가난한 접장들이 주머니는 비고, 술생각은 나고 하여 옛 제자를 찾아갔을지도 모른다. 혹은 옛 제자를 생각하는 정으로 찾아갔을지도 모른다.

어떻든 옛 제자인 그 군인은 스승들을 사랑에 들게 하고, 술상만 내보냈다. 그 자신은 몸이 불편하다는 핑계로 나타나지 않았다. 그러자 지훈은 술상을 내동댕이쳐 버렸다. 그리고, 그 우렁찬 목소리로 호령을 하였다.

"스승이 찾아왔는데, 이럴 수 있느냐?"

그 일로 조지훈은 헌병대에 잡혀갔으나, 그곳에서 다른 제자의 도움으로 무사히 풀려 나왔다. 하지만, 며칠 좋이 고생을 하였다.

당시의 조지훈 나이가 불과 서른 두셋, 그 제자라는 분과 연령적으로 큰 차이가 있을 리 만무했다.

하지만 조지훈의 논리대로 말하면 연령이 많든 적든, 제자는
제자요. 스승은 스승이라는 것이었다. 그러므로, 스승이 찾아갔
으면 아무리 제자가 높은 자리에 있다 하더라도 정중하게 스승
대접을 해야 할 것이 아니냐라는 것이었다.

조지훈에게는 그와 같이 준엄한 일면이 있었다. 사리에
어긋나는 일은 용납지 않았다. 이와 같은 기질은 4·19 때도 나
타났다.

절망하지 말아라.
이대로 바윗 속에 화석이 될지라도
1960년의 포악한 정치를
네가 역사 앞에 증거하리라.
권력의 구둣발이
네 머리를 짓밟을지라도
잔인한 총탄이
네 등어리를 꿰뚫을지라도
절망하지 말아라.
민주주의여.

이것이 자유당 말기에 조지훈의 절규였다. 이처럼 담대하게
자유당 말기의 부패한 정권을 향해 노골적으로 항거한다는 것은
심약한 시인에게는 어려운 일이었다.

다행하게도 이 시가 실리게 된 잡지가 나오기 전에 4·19가

터지고 자유당 정권이 물러서게 되었지만, 그렇지 않았더라면 어떤 박해를 그가 받게 되을지도 모를 일이었다.

한마디로 말해서 지훈은 지조 있는 선비요, 기개 있는 시인이었다. 그는 사사로운 이해관계로 의롭지 못한 일과 타협하지 않았으며, 그것을 보고 물러서려 하지 않았다.

육척 장신의 훤출한 키에 고개를 빳빳이 치켜들고 대로를 휘청휘청 걸어가는 그의 걸음걸이처럼 그는 평생 대의명분이 서지 않는 일에 귀를 기울이려 하지 않았다.

내가 그를 처음 만난 것은 1941년. 그의 나이 21세 때의 일이었다. 시골(경주)에 있는 나에게 하루는 편지가 왔다. 봄바람에 날리는 버들가지처럼 멋이 있으면서 단아한 지훈의 필체로 넉 장 정도의 긴 편지였다. 시인다운 우아한 사연의 그 첫 편지를 6·25 사변 때 잃어버린 것이 내게는 두고두고 한이 되었다.

내가 회답을 보낸 얼마 후 그는 나를 찾아 경주로 왔다. 긴 머리가 밤 물결처럼 출렁거리던 그의 첫인상은 시인이기보다는 귀공자 같았다. 티 없이 희고 맑은 이마, 그 서글서글한 눈, 나는 서울에서 온 시우(詩友)를 맞아 그날 밤을 뜬눈으로 새웠다.

차운 산 바위 위에 하늘은 멀고
산새가 구슬피 울음 운다.

구름 흘러가는
물결 칠백 리

나그네 길 소매 꽃잎에 젖어
술 익는 강마을 저녁놀이여.

이 밤 자면 저 마을에
꽃은 지리라.

다정하고 한 많음도 병인양하며
달빛 아래 고요히 흔들리며 가노니……

이 「완화삼玩花衫」이 내게 준 지훈의 시. 우리는 1938년 9월에
『문장』지의 추천을 받은 시인이었던 것이다.

그가 나를 알게 된 것도 내가 그의 이름을 기억하게 된 것도
『문장』지를 통해서였다. 하지만, 우리는 이미 만나기 전에 정이
통하는 벗이었던 것이다. 일제하에서는 글을 쓴다는 그것만으로
서로의 심정을 통할 수 있었다.

이 지훈의 시에 대하여 내가 화답한 것은 흔히 세상에서 말하는
것처럼 「나그네」가 아니고, 「밭을 갈아」라는 작품이 있다.

밭을 갈아 콩을 심고
밭을 갈아 콩을 심고
구구구 비둘기야.

백양白楊 잘라 집을 지어

초가삼칸 집을 지어
꾹구구구 비둘기야.

대를 심어 바람 막고
대를 쪄서 퉁소 불고
구구구 비둘기야.

장독 뒤에 더덕 심고
장독 앞에 모란 심고
구구구 비둘기야.

웃말 색시 모셔두고
반살 색시 모셔두고
꾹구구구 비둘기야.

햇볕 나면 밭을 갈고
달빛 나면 퉁소 불고
꾹구구구 비둘기야.

이처럼 소박한 시는 지훈의 「완화삼」에 비길 것이 못 되었다.
연령으로 따지면, 그는 나보다 아래이지만 조숙한 천재적인
재질은 이미 그 출발에서부터 거의 완벽한 솜씨를 보여주었다.
　하지만, 그의 작품의 바탕에 깔려 있는 휘청거리는 아악雅樂적인
멋과 가락은 나의 4·4조의 민요적인 가락과는 사뭇 다른 것이라

하더라도 민족적 전통적인 음율에 대한 향수를 가진 점에서는 서로 통하는 것이라 할 수 있다.

이튿날 지훈과 함께 불국사로 갔다. 3월임에도 눈발이 뿌리고 있었다. 우리는 주막마다 들려 막걸리를 한두 잔씩 하며 걸었다. 토함산에 오를 무렵에는 둘 다 술이 거나해 있었다.

나는 그날 지훈을 통하여 비로소 문단이라는 회에 대한 자세한 이야기를 들을 수 있었다. 그는 문단 까십을 소상하게 알고 있었다. 하지만 내가 생각하던 문단과는 너무나 거리가 멀었다.

"문단이라는 것이 그처럼 더러운 곳이냐?"

내가 물었다. 이 철없는 나의 질문을 지훈은 기억해 두었다가 최근까지도 나를 놀리는 우스개 감으로 삼았다. 우리는 토함산 마루턱이 있는 바위에 걸터앉아 쉬었다.

그때 그의 모습을 나는 평생 잊을 수 없었다. 그는 진실로 눈발이 내리는 건너편 산줄기를 따라, 아득한 저편을 바라보며 혼자 중얼거리고 있었다. 그가 홍얼거리는 것이 한시漢詩 같았다. 그리고, 그는 절로 가겠다는 뜻을 비쳤다.

"목월, 시를 쓴들 뭣하지!"

그의 독백 같은 말이었다. 나라가 망했는데, 시를 써서 무엇하겠느냐의 뜻일 것이다.

"뭣하려고 시를 쓰나."

"그렇긴 해, 허허허허."

지훈의 소탈하고도 공허한 웃음소리, 그것은 너무나 허전한 것이었다. 그는 경주에서 4, 5일을 유하고 떠났다.

그 후로 꼭 한 차례 「낙화落花」라는 시를 경북 영양에서 보내

왔다.

꽃이 지기로소니
바람을 탓하랴.

주렴 밖에 성긴 별이
하나 둘 스러지고

귀촉도 울음 뒤에
머언 산이 다가서다.

촛불을 꺼야 하리
꽃이 지는데

꽃지는 그림자
뜰에 어리어

하이얀 미닫이가
우런 붉어라.

묻혀서 사는 이의
고운 마음을

아는 이 있을까

저허하노니

꽃이 지는 아침은
울고 싶어라.

이 「낙화」에 화답하여 내가 보낸 것이 「나그네」였다.

강나루 건너서
밀밭 길을

구름에 달 가듯이
가는 나그네……

그리고 서신이 끊어졌다. 일제 말기의 어두운 하늘 아래 그는
오대산 월정사에서 꽃잎처럼 져가는 세월을 하염없이 보내게
되었다.

　해방 후, 그를 만난 것은 을유문화사 『주간 소학생』 편집실
에서였다. 또한, 그곳에서 박두진도 만났다. 조지훈은 베레모를
젖혀 쓰고, 경기 여고에서 교편을 잡고 있었다.
　그 당시 문인들의 우정은 각별한 것이 있었다. 해방의 감격뿐만
아니라, 좌익의 계열의 문인들과의 투쟁으로 말미암아 우리들은
굳게 단결되어 있었다.
　처음으로 '문학의 밤'이 열리게 된 것도 그 무렵이었다. 서로

모이면 며칠이건 헤어질 줄 몰랐다. 밤이면 떼를 지어, 김 동리의 집이나 조지훈의 집에서 밤을 새웠다. 조지훈은 그 당시에도 몸이 건강한 편이 아니었다. 정결하게 흰 얼굴이 늘 수척해 보였다. 곧잘 길을 걷다가도 손수건을 꺼내 이마의 땀을 씻곤 하였다. 하지만 시에 대한 이야기에 열이 오르면 눈 가장자리가 빨갛게 장밋빛으로 피어오르는 것이 인상적이었다.

『청록집』의 발의發議는 조풍연 씨의 호의로 박두진이 근무하던 을유문화사에서 이루어졌다. 1946년 2월이나 3월이었다.

박두진의 전보를 받고 상경을 하자,

"목월, 시집을 내라는데, 우리 몇 사람 어울려서 내 봅시다."

두진의 말이었다.

"몇 사람 낼까."

"글쎄."

"조지훈하고 셋이 어떨까?"

"좋지. 지훈하고면 어울릴꺼야."

그날로 성북동 지훈을 찾아갔다. 어둑어둑한 무렵이었다. 길목의 조그만 돌다리가 무척 인상적이었다. 그도 쾌히 승낙하고, 당장 구체적인 의논을 하기로 하였다.

그리고 세 사람이 어떻게 해서 성신 여학교 기숙사로 가게 되었는지 그 자세한 사정은 잊어버렸다. 아마 그곳에 재직 중이던 N군이 이끌고 갔을 것이라 생각된다.

그날 밤은 세 사람이 뜬 눈으로 새웠다. 해방 전에 써서 묵혀두었던 작품 중에서 각기 15편 내외를 골라 싣되, 교정을 두진이 보도록 약속이 되었다. 장정과 체제, '청록집'이라는 이름도 그날 저녁에 마련되었다. 가슴 울렁거리던 그날의 감격. 우리는 자리에 누워서도 앞날에 대한 꿈과 포부로 잠이 들 수 없었다.

"이제 그만 자."

그렇게 말하나 그 자신이 또 이야기를 시작하곤 하여 결국 밤을 새우고 말았다. 책은 6월에 나왔다.

그가 세상을 떠나기 전 주일 토요일—정확하게 말하면 5월 11일 두진에게서 전화가 걸려 왔다.

"목월이요."

두진의 나직하게 가라앉은 그 침착하고 다정한 음성.

"두진, 웬일이요."

"지훈하고 세 사람이 만나야 될 일이 있어."

"무슨 일인데."

"어느 출판사가 청록집을 다시 내겠다네. 의논해야겠어."

"그래? 그럼 지훈에게 연락해 봅시다."

그날 오후 아담 다방에서 두진과 만나, 지훈댁으로 갔다.

조지훈은 깨끗하게 정리된 서재에 요를 펴고 누워 있었다. 우리가 들어가자 일어나 앉았다.

"괴로운데 눕지, 지훈."

"아냐, 괜찮아."

그는 여전히 앉아 있었다. 우리는 그가 그처럼 중병인 줄 전혀 깨닫지 못했다.

"청록집만 재판할 것이 아니라, 이 기회에 청록문학선집을 내지 그래."

"그것도 좋지."

조지훈의 말이었다. 근년에 와서 지훈은 어느 모임에서나 자기의 의견을 앞세우는 일이 없었다. 그것은 때로 옆에서 보기 안타까울 정도였다.

만년에 그의 인격이 원숙해짐으로 보다 원만한 처신을 하려는 것이 그의 신조였는지 모른다. 하지만 그러기에는 지훈은 아직 젊다―싶은 생각을 나 혼자 가질 때가 있었다.

그날도 그가 의견을 앞세우는 일이 없었다. 다만,

"우리 회갑이 되면『백록집白鹿集』낼 원고는 따로 모아둬야 해."

한마디 했을 뿐이다. 세 사람은 모두 웃었다.

"아무래도 지훈 형이 오래 살걸."

평소에 말이 없던 박두진도 한마디 거들었다. 우리 세 사람이 한자리에 앉아 오손도손 이야기를 나누게 된 것은 근년에 드문 일이었다. 이것은 우정이 엷어서가 아니다.

우리들의 우정은 청록집을 낼 무렵부터 한결같았다. 또한 열되게 타오르는 일도 없었다. 자기 나름의 성격과 개성을 지켜 얼룩지는 일 없이 20여년 맺어온 우정이었다.

"자, 가지."

두진과 내가 일어섰다.

"저녁 먹고 가."

지훈이 말렸다. 그 만류하는 태도가 평소의 지훈답지 않게 너무나 다정하고 애절했다.

"그러지 않아도 한번 셋이 저녁이라도 같이 하려던 참이야, 먹고 가."

그러나, 우리로서는 앓는 사람을 오래 괴롭힐 것만 같았다.

더구나 이튿날은 제사가 있다면서 집안이 몹시 분주해 보였다.

"그냥 갈 테야?"

"그래."

우리와 악수를 하는 그의 모습이 몹시 쓸쓸해 보였다. 골목에 나와서는 그의 작별이 좀 이상하다는 느낌이 들었다. 하지만 그것이 영 이별이 되리라고는 생각조차 못했다.

외로이 흘러간 한 송이 구름
이 밤을 어디메서 쉬리라던고.

성긴 빗방울
파초 잎에 후두기는 저녁 어스름

창 열고 푸른 산과
마조 앉어라.

들어도 싫지 않은 물소리기에
날마다 바라도 그리운 산아.

온 아츰 나의 꿈을 스쳐간 구름
이 밤을 어디메서 쉬리라던고.

이것은 그의 「파초우芭蕉雨」. 그는 참으로 외로이 흘러간 한 송이 구름처럼 가버렸다. 물론 가버리는 것은 그만이 아니다. 목숨을 지닌 자는 누구나 가게 된다.

하지만 그는 겨우 마흔여덟. 1920년생인 그가 아직도 너무나 해야 할 일이 많았다. 또한, 사회가 그에게 기대하는 것은 너무나 많았다.

그 또한

'지금 죽어서는 안 될텐데, 너무나 할 일이 많은데……'

라고 죽음의 자리에서 중얼거렸다 한다.

날마다 바라봐도 산이 그립고, 꽃이 피는 아침은 울고 싶다던 아, 지훈, 우리들의 시인, 그 마음 고우신 마음 어디에 두고 지훈이 가시다니, 지훈이 가시다니, 서러워라. 시인은 덧없이 가고 그가 부른 노래만, 시만 남았다. 두고두고 이 겨레의 가슴을 울릴 아름답고 높은 시, 시만 남았네.

이것은 두진이 작사한 조지훈의 조가吊歌다. 참으로 두고두고 이 겨레의 가슴을 울린 시만 남겨 놓고, 시인 조지훈은 양주군 마석리 뒷산에 조용히 잠들고 있다.

행복의 얼굴

20평 남짓한 뜰을 가졌다.

이른 봄부터 뜰에는 '봄의 경영'이 자못 활발하다.

개나리가 핀다. 연달아 진달래가 피게 된다. 개나리는 개나리대로 아름다움을 가졌고, 진달래는 진달래대로 아름답다.

4월이 되면서 뜰은 더욱 흥성스럽다. 잠자던 씨앗이 눈을 뜬다. 일요일은 집에서 해를 보내도 지루한 것을 모른다. 삽으로 흙을 뒤지고, 호미로 골을 타고 씨앗을 넣는 일이 즐겁기 때문이다. 나이 60에 가까워 비로소 발견한 흙이요, 뜰이다.

이렇게 종일 웅크리고 앉아, 몇 평 되지 않는 뜰에서 흙을 만지다가 해를 보내게 되면 이상스럽게 마음이 청결해진다. 씨앗을 넣어 화초를 가꾸자는 것은 제2의 문제다.

여름이 되면 이 씨앗 하나 하나가 자라서 꽃망울을 달게 되리라. 그러나 그것은 나중의 문제다. 지금 내게 소중한 것은 씨앗을 넣는 작업, 그것 자체가 즐겁고 마음이 청결해지는 것이다.

이것은 뜰을 매만지는 일에만 국한된 것이 아니다. 나는 당구를 친다. 엉터리지만 1백 50점을 치게 된다(지난해부터 그만두었지만).
당구를 왜 치느냐, 그것에 대한 이유는 구구할 것이다.

소설가 P씨는 건강을 위해서 친다고 한다. 평론가요, 영문학을
전공하는 C씨는 기분을 통일시키기 위하여 친다고 한다. 이유야
건강을 위하든지 기분을 통일시키든지 가릴 것 없이 그들이
당구를 치는 가장 정확한 답은 재미가 있기 때문일 것이다.

당구도 재미가 있기 때문에 치는 것이며, 그 의외의 대답은 한갓
당구라는 오락의 속성에 불과한 것이다. 내가 아무리 뜰에서 땅
을 파고 씨앗을 넣는다지만, 화초 재배자는 농부가 아닌 까닭은
그것으로 말미암아 무슨 돈을 번다든가 화초의 개종開種을 위
한다든가 하는 목적을 앞세우지 않기 때문이다.

흙을 파고 씨앗을 넣는 그것 자체가 재미있고, 즐거우므로
나는 뜰에서 해를 보낸다는 뜻이다.

또한, 그것은 무슨 목적을 앞세우지 않더라도 충분히 즐거운
것이다.

시를 쓰는 까닭도 그렇다.

왜 시를 쓰느냐고 따진다면 구구한 대답이 나올 수 있다.
그러나 아무리 그 대답이 훌륭하고 의미심장한 것일지라도 시를
쓰는 직접적인 대답이 될 수는 없을 것이다.

─무지개가 무엇에 소용되느냐 하는 질문만큼 어리석은 것은
없다. 무지개로 말미암아 돈을 벌게 되는 사람은 없을 것이다.
다만 무지개는 자체가 아름다운 것이며, 우리가 무지개를 감격에
겨운 마음으로 본다는 것은 그것이 유쾌한 경험이기 때문이다.

이런 뜻으로 루이스는 시의 효용을 설명하였다. 즉 시는 그것

자체가 아름다운 일이며, 시를 쓴다거나 감상한다는 것은 유쾌한 경험이라는 것이다. 그러므로 시를 쓴다는 직접적인 해답은 시를 쓰는 일이 즐거운 일이며, 또한 시를 씀으로써 우리 마음이 즐거워지기 때문이다.

나는 위의 사실에서 하나의 문제를 추출해 낼 수 있다. 우리의 삶이란 결코 인생의 무슨 목적에만 이바지하거나 유도되는 것이 아니라는 사실이다.

물론 우리의 삶이 목적을 상실하게 되면 삶의 의의는 태반이 소멸하게 되고 정신적으로 방황하게 된다는 것은 누구나 아는 사실이다. 그렇다고 해서 우리의 삶이 인생의 목적에만 열중해 버리게 되면, 과연 그것이 온전한 삶이라 할 수 있을까 의아스러운 일이다.

실로 삶이란 원대한 목표를 하나의 지표로 삼아 그 방향으로 나아가면서, 현재라는 이 시간적인 각박한 제약 위에서 영위하는 일이다. 그렇다면 우리가 「현재」의 이 삶 속에 의의를 발견하지 못하면 그것은 무의미한 삶일 것이다.

뜰에 한 톨의 씨앗을 넣는 그 작업 자체에서 즐거움을 느낀다는 이것이야말로 인생의 목적을 먼 지표로 삼고 현재의 삶을 즐기는 일이 아닐까 보냐.

김동인의 소설에 『무지개』라는 것이 있다. '무지개는 행복이다'라는 첫 귀절로 시작되는 소설이다. 한 소년이 무지개를 잡으러 길을 떠나게 된다. 무지개는 바로 눈앞에 그 찬란한 모습을 나타내고 소년을 유혹하고 있기 때문이다. 그러나 이 소년이 아무리 가도 가도 무지개는 여전한 거리를 두고 바로 눈앞에 있을 뿐, 끝내 소년의 손에 잡히지 않는다.

그러나 소년은 실망하지 않았다. 험한 산을 넘고 거센 물을 건넜다. 이제, 소년도 나이가 들게 되고, 드디어 늙었다. 그가 무지개인 줄 알고 잡은 것이 돌아서 보면 낡은 기왓장에 불과했다.

'아아, 무지개란 기어이 사람의 손으로는 잡지 못할 것인가?'

마지막에 그가 부르짖은 비통한 절규이다. 그리고, 무지개를 잡으려는 야망을 단념했을 때, '이상하다. 여태껏 검었던 머리는 갑자기 허옇게 되고, 그의 얼굴 전면에 수없는 주름살이 잡혔다'는 것이 이 소설의 결말이다.

문제는 이 소설이 설정한 주제로서, 무지개^(행복)는 잡히지 않는다는 그 사실이 이미 허황한 것이다. 왜냐하면 행복은 무지개가 아니기 때문이다. 우리들 앞에 찬란한 모습을 드러내고 또한 그것을 추구하면 할수록 물러서는 것이 무지개일 수는 있어도 행복은 아니라는 사실이다.

만일 무지개기 행복일 수 있는 경우가 있다면, 바로 무지개의 뿌리가 우리의 감정의 샘 속에 박혔을 순간이다.

나는 위에서 뜰에 씨앗을 넣는 작업은 그것 자체로서 충분히 즐거운 일이라 했다. 또한 그 씨앗 하나 하나가 자라나서 꽃망울을 가지는 사실에 목적을 두지 않는다고 했다.

그러나 내가 뿌린 씨앗은 틀림없이 자라나게 될 것이며, 그것이 틀림없이 자라나는 한 그것대로의 꽃송이가 열리게 되며 그것대로의 결실을 한다는 것도 사실이다.

그렇다면 꽃송이가 열리고 결실을 한다는 것은 내게 어떤 의의를 베푸는 것일까? 말하자면 일종의 덤일까? 물론 하나님이 베푸시는 덤이라고 생각할 수 있다. 그러므로 이 기대하지 않은 것을 얻음으로써 나는 '행복'할 수 있다.

만일 그 결실이나 개화가 여의하지 못하면 불행한 것일까? 덤으로 얻은 것이 행복한 일이라면 덤으로 얻지 못한 것이 불행한 일이라는 것은 극히 당연한 일이다. 그러나 인생의 문제가 이처럼 단순한 공식성을 띠지 않으므로 복잡해지는 것이다.

'미래는 완전히 신(神)의 영역에 속한다'는 것은 톨스토이의 말이다. 흔히 항간에서는 '내일의 행복'이라는 말을 쓰게 된다. 그러나 내일이라는 미래의 시간을 누가 우리에게 보증해 주는 것이며, 더구나 내일의 행복을 그 누가 우리에게 보증해 줄 것인가?

만일 우리의 행복이 열을 가진 자보다 스물을 가진 자가 더 행복하다든가, 한 개의 결실을 얻은 자보다 열 개의 결실을 얻은 자가 더 행복하다든가 하는 행복에 대한 움직일 수 없는 객관적 기준이라는 것이 엄연하게 존재할 수 있다면 또 모를 일이다.

그러나 우리는 열을 가진 자가 하나를 가진 자보다 불행한 경우를 인생의 엄연한 사실로서 얼마든지 보아 온 것이며, 혹은 결실이라고 믿었던 것이 기실은 '무지개가 아니라, 낡은 기왓장'에 불과한 경우를 얼마든지 목격해 온 것이다.

그러므로 인생의 문제는 결코 단순한 공식으로 단정할 수 있는 것이라곤 존재할 수 없는 것이며, 그만큼 오묘하고 복잡한 것이라 할 수 있다.

행복이라는 것이 이와 같이 객관적인 무슨 기준을 가지지 않는 한, 그것은 '눈앞에 보이는 찬란한 무지개'로서 추구할 성질의 것이 아니며, 김동인의 『무지개』에 나오는 주인공은 무지개—행복을 잡으려고 나선 그 사실부터가 행복에 대한 착각인 것이다.

그렇다면 행복은 어디에 존재하는가? 우리의 감정의 샘에 무지개 뿌리가 박히는 경우에 무지개가 행복일 수 있다고 위에서 말했다. 이 말은 행복이라는 것은 조건을 따지고 그 정체를 잡으려 하는 경우에는 이미 자취를 감추게 되는 것이며, 다만 느낄 따름이라는 뜻이다.

또한, 미래의 행복은 미래 그 자체가 신이 우리에게 허락한 것이 아니기 때문에 신의 동산에 있는 무지개요, 과거의 행복은 이미 지나간 행복이기 때문에 우리의 소유가 아닌, 그것은 '삭아버린 무지개'이다.

그렇다면, 우리가 지금 그것을 느끼지 않는 한 존재하지 않는 것이 행복이요, 우리의 가슴속의 샘에 피어오르지 않는 한 행복의 무지개는 있을 수 없는 것이다.

그렇다면 어떻게 행복을 발견할 수 있는가? 마지막 문제가 남게 된다. 행복을 발견하는 길은 우리가 생에 대한 신념이나 인생에 대한 의의를 두는 면에 따라 달라질 수 있다.

다만, 나는 한갓 어설픈 시인으로서 나대로의 세계에서 나대로의 행복이라는 감정의 충만감을 경험할 따름이다.

20평 남짓한 작은 뜰에서 내가 발견하는 것은 시시각각으로 변모하는 행복의 얼굴들이다. 그것은 싱싱한 햇빛으로서 내 눈으로 들어와 마음속에서 속삭이는 것이며, 때로는 적당한 '햇볕의 온도'로서 내 등에 와 붙기도 한다.

혹은, 흙이 주는 이상하게 부드러운 촉감으로서 행복은 내

손끝에 오는 것이며, 혹은 한 줄기의 향기로운 바람으로서 내 콧속에 풍기기도 한다.

거리에서는 이웃사람의 명랑한 인사 한마디에, 행복은 부푸는 언어의 울림으로 내 가슴에 오게 된다. 진실로 내게 있어서 행복은 무수한 것이며, 그것은 순간마다 살아나는 전혀 새로운 감정의 출렁거림 속에서 얼굴을 드는 것이다.

이것은 결코 과장이 아니다.

내게 행복이란 바람이나 향기로서 '코가 아는 세계'이며, 소리로서 '내 귀가 아는 세계'이며, 광명으로서 '눈이 아는 세계'이며, 촉감으로서 '전신이 아는 세계'이며, 붓으로서 '시가 아는 세계'이다.

그밖에 내가 행복이라 생각하는 것이 있다면, 그것은 이 삭아진 것이나 굳어버린 '행복' 그것이 아닌 것이다.

나는 삶을 무슨 목적으로 굳어버린 벽돌 같은 것으로 생각하지 않는다. 그것은 시시각각으로 출렁거리는 감정과 함께 있는 것이며, 행복도 이 출렁거리는 것 안에 어리는, 그야말로 하나의 빛나는 무지개라 믿기 때문이다.

또한 나는 시를 쓰는 사실 안에서도 시를 쓰는 행복을 느끼는 것이며, 시를 못 써서 괴로울 때도 시를 못 쓰는 괴로운 행복을 느끼는 것이다.

이것은 결코 역설이 아니다. 그렇다. 삶, 그것을 자각하고 인식하고 깨닫고 느낄 때, 이미 행복은 그것과 함께 존재하는 것이다. 그리고 삶은 결코 미래에도 과거에도 존재하는 것이 아니라 바로 지금에 있는 것이다.

우리가 산다는 것보다 더 큰 인간에의 크나큰 의의도 축복도 심지어 보장도 없을 것이다. 인간에게는 산다는 것이 전부이며, 그것을 어떤 목적에 예속시키게 되면 이 참되게 빛나고 싱싱하고 신선하고 약동하는 삶의 의의는 그 목적으로 말미암아 일면화되고 굳어버리는 것이다.

행복은 무지개가 아니다.

행복을 추구하면 그것은 자취를 감춘다.

그것을 발견하는 자에게만 존재하는 것이다.

그리고, 그것은 현재에서만 발견되어지는 것이며, 또한 행복은 수천수만의 얼굴을 가진 것이다. 그 얼굴은 시시각각으로 새로운 얼굴로서 피어나는 것이며, 시시각각으로 변해가는 얼굴이다.

시를 왜 쓰느냐? 즐겁기 때문이다. 시를 쓰는 이유의 가장 직접적인 대답은 이것뿐이다. 그것 이외에는 아무리 의미심장한 것일지라도 시의 속성을 풀이한 것에 불과하다.

삶도 시와 같다. 왜 사느냐? 즐겁기 때문이다. 그것 외에 삶의 본질을 설명한다면, 그것은 삶의 속성을 어느 일면에서 풀이한 것이다.

행복은 바로 삶 속에 존재한다. 그것은 바로 지금 발견하는 자에게만 존재하는 것이다.

무상의 바다

별이 치렁치렁한 밤이었다. 대학에 다니는 딸과 더불어 바닷가를 거닐었다. 어둠 속에 파도가 하얗게 부서지는 해안선은 아득한 저편으로 완만하게 휘어져 있었다.

바다가 영원을 상징하는 것이라면 해안선은 영원한 것의 깃을 테둘러 있는 것이리라.

나는 뒤에 따라오는 그녀를 돌아보았다. 딸은 묵묵히 앞만 바라보며 걷고 있었다.

'그녀는 무엇을 생각할까?'

나는 짐작할 수 없었다. 딸의 가슴 속을 짐작할 수 없게 된 것은 이미 오래된 일이다. 그녀가 철이 들 무렵부터 그녀의 가슴 속은 헤아릴 수 없는 동굴처럼 나에게는 신비롭게만 여겨졌던 것이다.

하지만 검은 물결이 출렁거리는 '심야의 해안'을 우리 부녀 단둘이 걷는 지금, 무척 가까이 딸을 느낄 수 있었다.

"다리 아프지 않니?"

"아뇨."

딸의 대답은 명랑했다. 인적이 끊어진 밤바다의 기슭을 따라, 아버지와 걷는 것이 그녀에게도 유감有感한 모양이었다.

"좀, 쉬실까요?"

그녀가 되물었다. 여름밤의 모래는 이슬이 내리는 것 같지도 않은데 축축이 젖어 있었다. 우리 부녀는 모래톱에 앉았다. 발밑에는 검은 물이 밀려와서 하얗게 부서지곤 하였다.

"쏴—아,"

우리 부녀를 중심으로 아득한 저편에서 파도 소리가 부서지며 몰려왔다가 되돌아가곤 했다.

"아버지, 춥지 않으세요?"

"왜, 춥니?"

"아녜요."

검은 바다 위에는 밝은 별자리가 유난히 낮게 널려 있었다. 멀리 까뭇거리는 불빛이 보였다. 바다 밖으로 항해하는 밤배일 것이다. 우리 부녀가 이처럼 조용한 자리에 앉아 보기는 모처럼 만의 일이었다.

집안에서는 가족의 한 사람으로 그녀를 범연하게 대해 왔으며, 딸 또한 아버지로서 나를 범연하게 모셔왔을 뿐이다. 그러나, 막상 이처럼 깊이 조용한 자리에서 그녀와 자리를 같이 하게 되자, 부녀간의 인간관계가 새삼스럽게 가슴에 다가오는 것이다.

"전공과목은 재미나지?"

나는 그 자리에 어울리지 않게 엉뚱한 질문을 했다. 사실 그녀에게로 흘러가는 아버지로서의 애정을 달리 표현할 말이 생각나지 않았던 것이다.

"네."

그리고 우리 부녀는 다시 화제가 끊어졌다. 사실, 수다스럽게 이야기할 필요조차 없었다. 이 신비로운 밤바다의 품안에 두 사람이 앉아 있는 것만으로 충분했다. 나는 이처럼 가까이 딸을 느껴본 일이 없었다.

생각해 보면, 아버지와 자식의 관계는 얼마나 엄청난 것일까. 불교적인 문자가 아니라 하더라는 몇 겹의 인연이 우리 두 사람 사이에 매듭지어져, 비로소 나는 아버지로서 그녀는 딸로서 이 세상에 존재하게 되는 것일까. 소매 한번 스침도 몇 겹의 인연이라는 이 생멸과 시공을 초월해서 그녀와 나는 서로 핏줄을 이어주고 이어받아 부녀로서 지금 이 자리에 앉아 있는 것이다.

딸아.

가슴 속에서 뜨거운 것이 치솟았다. 또한, '귀여운 딸아!'라는 말이 실감났다. 하지만, 아무리 부녀가 되어 두텁고도 깊은 인연의 밧줄이 가로놓여 있다지만 영원한 것은 우리들의 이마 위에 널려 있는 별자리나 어둠 속에 출렁거리는 바다뿐이다.

목숨을 가진 자는 어느 날에 소멸하게 되고, 만남은 헤어짐을 뜻하는 것이 아니냐. 하물며 그녀는 한 여인으로서 가까운 어느 날에는 내 옆에서 떠나게 될 것이다. 그리고 나의 딸이기보다는 아기의 어머니로서 그녀의 길을 걷게 될 것이다. 그러나 그것은 그때의 일. 지금은 나와 함께 유구하게 출렁거리는 리듬에 귀를 기울이며 함께 앉아 있는 것이다.

지금의 이 순간! 지금의 우리의 관계! 서로의 가슴을 적시는 아버지로서 딸로서의 형언할 수 없는 친밀감, 이것은 너무나 아쉽고 귀중한 것이다.

실로 우리 두 사람은 별이 찬란한 밤하늘을 배경으로 두 개의 깨끗한 영상으로서 다소곳이 자리를 같이 하여 앉아 있는, 고독하고도 다정한 '두 사람'인 것이다.

나는 검은 물결이 출렁거리는 바닷가 모래밭에서 어처구니 없게도 겨우 딸을 발견한 것이다.

"밤바람이 몸에 해롭겠다. 되돌아가자!"

그녀는 모래를 털며 일어섰다. 그리고 아버지를 따라 호텔로 되돌아왔다. 우리가 되돌아오는 등 뒤에서는 여전히 "쏴아 쓰윽 즈르르" 파도 소리가 몰려왔다 되돌아가곤 했다.

모량리의 눈송이

모량리에는 눈송이가 굵고 큼직했다. 모량리에 오는 눈이라하여서 유별나게 굵고 큼직할 리가 없다. 그럼에도 나의 기억 속에 떠오르는 모량리에 오는 눈송이는 유별나게 굵고 푸짐했다.

이것은 어린 날에 누구나 느끼게 되는 사물에 대한 신선한 감각 때문일까. 그렇지 않으면 동심적인 환상 때문일까. 혹은 눈도 옛날의 눈은 푸짐한 인정처럼 굵고 컸을까. 오늘날 인심이 메마른 것처럼 눈송이도 가난한 탓일까. 그것은 나도 모를 일이었다.

다만 이런 일이 있었다.

우리 집이 모량리를 떠난 것은 내가 중학교 2학년 가을이었다. 그리고 20여 년 만에 아우와 함께 고향을 찾아간 일이 있었다. 이미 어머니도 환갑이 지나고 모량리도 많이 달라졌을 무렵이었다. 마을을 싸안고 둑을 쌓아 기차선로가 펼치게 되었으며 모량역이 새로 생긴, 훨씬 후의 일이었다.

아우도 삼십이 넘었다.

신작로에서 마을로 접어드는 소릿길은 옛날과 다름이 없었다.

추억 속에 있는 그대로 휘어질 자리에 휘어지고 굽을 자리에 굽어져 있었다. 개울도 옛대로 흐르고 있었다. 모량리가 달라진 것은 외양뿐이었다.

우리 형제는 주막에서 천천히 옛 추억을 더듬으며 윗마을로 걸어갔었다. 양감, 조그만 언덕에 이르렀다. 여전히 밤나무가 숲을 이루고 있었다.

집 앞 샘에는 여전히 아낙네들이 물을 긷고 있었다. 그 앞 개울은 그야말로 산기슭을 감아 흐르는 실개천에 불과했다.

'이러지 않았을 텐데······'

나는 몇 번이나 발을 멈추고 개울을 굽어보았다. 어린 날에 내가 자랄 무렵에는 퍼런 물줄기가 항상 맑게 흘렀으며 개울 구석마다 돌을 뒤져 가재를 잡곤 하였다. 그러나 현실로 우리 눈 앞에 흐르는 개울은 실소리처럼 가는, 개울이라기보다는 개천에 불과했다. 또한, 일촌네가 살던 집에는 꽤 큰 낭떨어지가 있어야 했다.

"호야, 개울가에 낭떨어지가 있었잖아,"

아우를 돌아보며 물었다.

"글쎄요, 형님. 저도 높은 낭떨어지가 있었다고 기억되는데요."

형제가 두리번거리다가 발견한 것은 2미터도 못 되는 조그만 낭떨어지였다.

"야, 저거구나?"

형제는 꿈에서 깨어난 것처럼 다시 주위를 살펴보았다. 틀림없이 그 낭떨어지였다. 그것이 우리 형제의 추억 속에는 몇십 미터 의 절벽으로 남아 있는 것이었다.

개울도 아무리 어린 시절이라지만 도저히 그럴 수가 없었다. 왜냐하면, 겨울이면 그 개울 줄기를 따라 지치도록 얼음지치기로 해를 보냈으며, 여름이면 온갖 물장난으로 해 가는 줄 모르며 지냈던 곳이다.

두껍아 두껍아
네 집 지어 주마
내 집 지어 다오

발가벗고 개울에서 멱을 감았으며, 혹은 개울가에서 모래로 두꺼비집을 지으며 놀았던 것이다. 그처럼 풍성한 꿈과 생활을 안겨 준 어린 날의 개울이 저처럼 메마르고 하잘것 없는 개천에 불과한 것이었을까. 그렇게 생각하면 모량리에 오는 굵은 눈송이도 전혀 우리들의 기억 속에서 내리는 환상의 눈일지도 모를 일이었다.

어린 날의 아름답던 생활과 함께 우리가 사는 세상도 퇴색해 버리고 다만, 추억 속에서만 모든 것이 넉넉하게 살아 있는 것일지도 모른다.

하지만 한 가지만은 확실한 것이 있었다.

어린 그날이 즐거웠다는 사실이다. 또한 새로 이 집을 지은 따뜻한 오두막에서나마 우리 형제와 어머니는 가난한대로 행복한 날을 보냈다는 사실이다.

하지만 그것은 비단 모량리뿐만 아닐 것이다. 세상에 모든 사람은 어머니와 함께 지낸 곳이면 어디서나 행복을 발견할 수 있으며, 어머니 품안에서 생활한 생활은 모든 행복의 따뜻한 햇볕 속에 보내게 되는 것이리라.

왜냐하면, 어머니는 행복을 자아내는 바로 그분이기 때문이다.

아내, 또 하나의 분신

쑥스러운 이야기지만, 나는 아내의 얼굴이 잘생겼는지 못 생겼는지 모른다. 우연히 거리에서 그녀를 만나게 되는 경우에는 무심결에 거울에 비친 내 얼굴을 발견하였을 때처럼 놀라고, 무턱대고 반가울 따름이다.

혹은 버스 안에서 함께 타고 유심히 그녀의 얼굴을 바라보게 되는 경우에도 여윈 아내의 얼굴이 측은할 뿐이다.

이것은 오늘에야 처음으로 경험하는 일이 아니다. 결혼 후, 어느 정도, 부부로서 우리의 관계가 심화되고 익숙해진 후로 나는 아내의 얼굴이 잘생겼는지 못 생겼는지 몰라지게 된 것이다. 이것은 비단 나만의 경험이 아닐 것이다.

부부는 상대를 심미 대상으로 삼기에는 누구나 다 너무나 '가까운 것'을 느끼게 되는 것이다. 사실, 아내의 얼굴보다 더 낯익은 얼굴이라 할 수 있다. 자기의 얼굴은 거울에 비쳐 보아야 바라볼 수 있지만, 아내의 얼굴은 무시로 대할 수 있는 것이 아닌가.

이 사실은 무엇을 의미하는 것일까. 부부는 남이 아니기 때문이다. 부부라는 것은 이성 간의 남과 남이 결합되어 이루어지는 인간관계이다.

하지만 그 관계가 심화되면 이미 '남'이라는 의식은 가셔지게 되고, 한없이 친숙하고 든든하고 깊은 인간적인 유대가 빚어지게 되는 것이다. 말하자면 또 하나의 자기를 상대에게서 발견하게 된다는 뜻이다.

이 오묘한 동화작용으로 말미암아 아내의 얼굴은 자기의 얼굴로 화하게 되고 그것은 추미醜美라는 심미 의식의 객관적인 대상이기보다는 또 하나의 자기의 분신으로 화하게 되는 것이다.

솔직하게 말하면, 나는 이미 50이 넘었고 결혼 생활이 30년 가깝지만, 집안에 아내가 없으면 이상한 공허감을 느끼게 되는 것이다. 이것은 결코 내가 아내에 대하여 남다른 애정을 가졌다거나 그녀를 사랑한다는 뜻이 아니다.

오히려 남편으로 나는 지극히 평범하고 부실한 사람인지 모른다. 그럼에도 집안에 아내가 없으면 구석마다 이상한 공허감을 느끼게 되는 것은 무엇 때문일까. 아내라는 것이 나의 생활에 불가피한 존재가 되어 있기 때문이다.

그러므로 이제 새삼스럽게 '아내의 존재 이유'를 따지거나 그것에 대한 회의를 가지게 되는 것은 우스운 일이다. 사실, 순탄한 부부 생활에서는 아내의 존재 이유에 대한 회의가 일어날 수 없다.

그것은 이유 없이 받아들이게 되는, 인간의 숭고한 자기 발전의 과정이다.

아내가 집안에 없으면 공허감을 느끼게 되는 것. 그것이 바로 아내의 존재 이유가 되는 것이라 했다. 아내가 집안에 있으면, 무언지 모르게 훈훈해지고, 가족들의 감정이 충만해지며, 든든한 것을 느끼게 된다. 이것은 남편으로서 아내에게만 느끼는 것이 아니다. 어머니가 외출하고 안 계시는 집안의 그 공허감을 나는 어릴 때 뼈저리게 체험한 것이다.

우리 어머니가 외출이 잦거나 출타하시는 기회가 많으셨던 것은 물론 아니다. 그야말로, 어쩌다가 이웃에 나들이 가시고 집안에 안 계실 때가 있었다. 그럼에도 학교에서 돌아와 대문을 들어서자,

"어머니!"

하고 불렀을 때, 안방에서 "오냐!"라는 어머니의 응답이 들려오지 않으면, 무슨 기대가 무너진 듯 허전함을 느끼게 되는 것이다. 모든 것이 시들해지고, 갑자기 집안이 휑댕그렁하고 쓸쓸하게 여겨지며, 눈에 익은 가구들까지 낯설게 느껴졌다.

이것은 어린 나의 경험인 동시에 지금 나의 어린 것들도 마찬가지다. 어린 것들은 큰 것이나 적은 것이나 집안에 들어서면 어머니를 찾게 된다.

"왜 그러니?"

"어머니, 어디 가셨어요?"

"장 보러 가셨나보다. 곧 오실 거야."

"언제 가셨어요?"

"금방 오신대두."

그러나 나의 대답만으로 만족하지 못하고, 어린 것은 마루에 책가방을 던져두고는 시장으로 내달아 가는 것이다.

아내(아이에게는 어머니)의 부재에서 오는 것. 가족들의 공허감, 그것은 아내(즉 어머니)만이 충족시켜 줄 수 있는 성질의 것이다.

왜냐하면, 남편이 아내에게 갈구하는 것은 의식적이든 무의식적이든 일종의 모성에 대한 향수요, 또한 그것에의 충족이다. 아내라는 한 여성은 릴케의 말대로 해석하면, 하나의 모성에 불과한 것이다.

릴케는 여성이라는 것을 모성으로써만 설명하고 있다. 소녀는 동경하는 모성이요, 성숙한 여인은 실현하는 모성이요, 노파는 추억하는 모성이라는 것이 그의 설명이다.

물론 릴케가 의미하는 모성이라는 말의 개념이 단순한 것은 아니다. 아니지만, 메마른 생령의 갈한 목을 추겨 주는 물방울의 자애로움, 한 톨의 씨앗을 싹트게 하고 그것을 자라게 하는 대지의 더운 가슴, 병아리를 보듬어 기르는 한 마리 암탉의 맹목적인 애정, 우리가 한 여인에게 끌리게 되고 그녀에게서 풍겨지는 형언할 수 없는 따뜻한 애정에 젖게 되고, 또한 그것으로써 우리 자신의 가슴 속이 충족된다는 것은 햇빛을 향해 가지가 뻗어 가는 수목처럼 극히 자연스러운 것이 아닐까.

그런 의미에서 아내라는 한 모성 옆에서만 나의 가슴은 흐뭇해지는 것이며, 또한 어린 것들은 어머니(모성)를 구하고 어머니에게로 돌아가는 것이다.

그렇다면 가정이란 한 모성(아내, 어머니)을 중심으로 직결된 하나의 유기적인 집결체요, 모성이 다스리는 영토에 불과한 것이며, 그 영토의 주인은 아내, 어머니이다.

물론 이것은 가정의 의의를 정신적인 일면에서 강조한 것이며 현실적으로 아내의 어머니다운 애정만으로 가정이 유지될 수는 없다.

하나의 가정이 건전하게 유지되려면 물질적 사회적인 여러 가지 여건이 필요하게 된다. 하지만 가정이 각박한 인간 생활에 있어서 피난처가 되고 위안의 보금자리가 되는 것은 모성으로서 '아내=어머니'의 헌신적인 애정이 폭넓은 날개로 싸안아 주기 때문이다.

위에서 나는 '아내=어머니'로 동일시하였다. 이것은 한 여인이 남편의 아내가 되던 동시에 그녀는 어린 것을 가지게 되고 어머니로서 발전하기 때문이다.

다시 말하면 남편에게는 아내요, 어린 것에게는 어머니가 되는 것이다. 아내가 어머니로서 그녀에게 주어진 가장 숭고한 사업의 하나가 자녀를 양육하고 교육하는 일이다.

자녀의 교육은 그녀에게 의무라기보다는 모성애에서 우러나는 거의 본능적인 것이라 할 수 있다. 또한. 그만큼 자녀에게 미치는 어머니로서 그녀의 힘은 절대적인 것이다.

옛날부터 위대한 인물은 위대한 어머니의 훈도를 받아 비로소 이루어지게 되는 것이라 한다. 맹자의 어머니는 남의 나라 이야기라 하더라도, 삼국통일의 위대한 업적으로 역사에 빛나는 김유신 장군을 그처럼 큰 인물로 만든 것은 만명부인^{萬明夫人}의 힘이다.

조선의 명신^{名臣}인 이율곡이나 명필 한석봉을 키워낸 것도 다름 아닌 어머니의 위대한 힘이다.

이처럼 두드러진 인물이 아니라 하더라도, 한 인간이 인간으로서 제구실을 하기 위한 인격 형성에 끼치는 어머니의 감화력은 실로 위대한 것이다. 아무리 훌륭한 교육가라 하더라도 어머니의 부드럽고 사랑에 넘치는 말씀에 비할 바가 아닌 것이다.

만일 자녀들을 기르는데 어머니의 모성애가 결여된다면, 그들의 심신의 성장, 발육에 큰 장해를 가져오게 됨은 누구나 아는 사실이다.

가정이라는 것이 우리들의 생활의 터전일 뿐만 아니라, 어린 것들이 성장하는 요람이다. 이 가정에 어머니로서 아내의 따뜻한 애정이 깃들게 되므로 비로소 어린 것들의 자연스러운 성장이 가능한 것이다. 어린 것들은 어머니의 품안에서 뿐만 아니라, 어머니의 따뜻한 사랑과 말씀 안에서 자라나게 된다.

그러므로 이미 성인으로 성장한 그들에게 어머니는 언제나 잊혀지지 않는 불멸한 모습으로 남게 되고, 또한 그들의 정신적인 마지막의 거처로 어머니가 되는 것이다.

치열한 전투에서 장렬하게 죽어가는 용사들의 마지막 말이 '어머니'인 것도 이 때문이리라.

꿀벌이 하는 일은
꿀을 따 오는 것.

아버지가 하시는 일은
돈을 벌어 오시는 것.

엄마가 하시는 일은
한 푼 남기지 않고 쓰시는 것.

아가가 하는 일은
한 방울 남기지 않고 꿀을 먹는 일.

크리스티나 로제티의 노래다. 아버지가 하시는 일은 돈을 벌어
오시는 것이며, 그것을 한 푼 남기지 않고 쓰는 것이 어머니의 일이
라는 구절이 애교가 있다.

따지고 보면, 아버지가 벌어오는 돈을 어머니가 쓰는 것은
사실이다. 안 살림을 꾸려 나가는 것이 아내로서 또 하나의
중요한 구실이기 때문이다.

물론 독신주의자로서 가정이라는 것을 처음부터 마련하지
않으면 문제는 달라진다. 하지만 일단 가정을 가진 이상,
어머니의 알뜰하고 섬세한 손으로 살림을 꾸려 나가는 것이 가정
경제를 위해서 중요한 일이다.

한국처럼 누구나 어려운 형편에서는 가정주부의 알뜰한
살림살이—그 치밀한 계획과 섬세한 배려에 의하여 겨우 경제적인
균형이 유지되고 가정을 지탱해 가는 것이라 하여도 과언이 아닐
것이다.

아내를 따라 시장에 갔었다. 어린 것들의 내의를 사기
위해서이다. 속 내의 서너 개를 골라 놓고 흥정을 하는 것이다.
'흥정'이라는 말이 좀 과장된 표현 같지만 실지로 아내는 흥정을
하는 태세다. 2백 30 원을 달라느니, 2백 원에 하자느니……
내가 그 옆에서 보기에는 집 한 채 매매하는 것만큼 시비를 하는
것이다.

"여보, 줘 버리시오."

참다못해 한마디 거들었다. 아내는 들은 체도 안 했다.

결국, 2백 10원이 되었지만, 실로 악착같은 거래요. 홍정이다. '이 악착같은 동물 같으니', 하고 나는 속으로 혀를 내둘렀다. 하지만 이 악착같은 동물의 그 성의로 우리 가정은 겨우 유지되는 것이다.

아내―그녀는 한 마리의 암탉 같은 존재일지 모른다. 그러나 그녀의 좁은 영역에서는 자기의 전부를 바쳐, 그 가슴 안에 가족을 보듬어 안는 사랑의 헌신자인 것이다.

또한, 이 좁고 따뜻한 날개 밑에서 가족은 누구나 삭막한 세상에 가장 아늑한 위안을 발견하게 되는 것이다.

〈박목월 연보〉

1916년(1세)   1월 6일 경북 경주 모량리에서 박준필의 장남으로
태어나다. 박준필은 근대교육(대구농업학교)을
받았으며, 당시 경주 수리조합 이사로 근무했던 분으로,
한시漢詩에 능했다(모친은 기독교인이었다).

1933년(17세)   계성중학교 2학년 재학 중 「통딱딱·통딱딱」이
『어린이』지에, 「제비맞이」가 『신가정』지 6월호에
당선되다.

1935년(19세)   계성중학교 4년제 졸업하다.

1938년(22세)   충남 공주 태생의 유익선과 결혼하다.

1939년(23세)   경주 금융조합에 재직 중, 정지용의 추천으로 『문장』지
9월 호에 「길처럼」 「그것은 연륜이다」가 1회 추천,
12월호에 「산그늘」이 2회 추천되다.
장남 동규 태어나다.

1940년(24세)   『문장』지 9월호에 「가을 어스름」과 「연륜」이 3회 추천
완료, 문단에 데뷔하다.

1941년(25세)　경주 금융조합을 휴직하고 일본으로 유학의 길을
떠났으나 문학은 홀로 공부하는 것이 올바르다는 믿음
끝에 귀국하다.

1945년(29세)　8·15 해방, 대구로 이사하다. 이 해 장녀 동명
태어나다.

1946년(30세)　4월, 김동리·서정주·유치환·조지훈·박두진 등과
함께 '조선청년문학가협회'를 결성, 그 준비위원으로
일하다. '조선문필가협회'를 결성, 상임위원직을 맡다.
6월 조지훈·박두진과 함께 3인 시집 『청록집』과
『박영종동시집』을 펴냄.
10월 동시집 『초록별』을 펴냄.
어린이 잡지 『아동』을 편집 발간하다.

1947년(31세)　차남 남규 출생

1948년(32세)　8월, 대한민국 정부 수립, 이 해 서울로 이사하다.
이화여고·서울대학교 음대 강사를 역임하다.

1949년(33세)　학생 잡지 『여학생』을 편집 발행하다.
12월, 대한민국 정부 수립 이후, 민족문학 단체의
단일화를 기하기 위하여, 조선청년문학가협회를 통합,
한국문학가협회를 만들고 사무국장이 되다.

1950년(34세)　시잡지 『시문학』을 편집 발행하다.
6·25 한국 전쟁이 일어나자, 한국문학가협회의
별동대를 조직, 이의 사무국장직을 맡다.

1991년 (35세)　삼남 문규 태어나다.

1953년(37세)　서라벌대학교·홍익대학교 강사직을 역임하다.

사남 신규 태어나다.

1955년(39세)　제3회 아세아자유문학상을 수상하다.
　　　　　　　12월, 첫 시집 『산도화』를 펴내다.

1956년(40세)　수상집 『구름의 서정』을 피내다.

1957년(41세)　2월, 한국시인협회를 창립, 출판 간사직을 맡다.

1958년(42세)　수상집 『토요일의 밤하늘』을 펴내다.
　　　　　　　자작시 해설 『보라빛 소묘』를 펴냄.

1959년(43세)　시집 『난·기타』를 출간.
　　　　　　　수필집 『여인의 서』『문학강화』를 펴내다.

1962년(46세)　한양대학교 문리대 국문과 조교수로 출강.
　　　　　　　동시집 『산새알 물새알』을 펴냄.

1963년(47세)　『동시의 세계』 출간.

1964년(48세)　시집 『청운』, 수필집 『행복의 얼굴』 펴냄.

1968년(52세)　대한민국 문학상 본상 수상.
　　　　　　　시집 『경상도의 가랑잎』, 연작시집 『어머니』, 수필집
　　　　　　　『밤에 쓴 인생론』『구름에 달 가듯이』를 펴냄.
　　　　　　　고마우신 선생님 상을 수상.
　　　　　　　조지훈·박두진 공저 『청록집 기타』를 펴냄.

1969년(53세)　서울시문화상을 수상하다.
　　　　　　　수필집 『불꺼진 창에도』를 출간.

1970년(54세)　수필집 『사랑의 발견』『뜨거운 점 하나』를 펴냄. 5월부터
　　　　　　　이듬해 4월까지 「사력질」을 시잡지 『현대시학』에 연재.

1972년(56세)	국민훈장 모란장을 받다.
1973년(57세)	시와 산문을 총정리한 『박목월자선집』 전 10권을 펴냄. 10월, 월간 시잡지 『심상』을 발행하다.
1974년(58세)	한국시인협회 회장에 선임되다.
1975년(59세)	시선집 『백일편의 시』를 펴냄.
1976년(60세)	시집 『무순』을 출간. 한양대학교 문리대학장에 취임.
1978년(62세)	원효로 효동장로교회에서 장로 안수받다. 3월 24일 새벽, 산책길에서 돌아온 뒤 지병이던 고혈압으로 영면. 용인 모란공원에 안장하다.
1979년(63세)	1월, 미망인 윤익순 여사에 의해 신앙 시들만을 모은 유작시집 『크고 부드러운 손』 출간.

박목월 평전
달빛 되어 떠난 청노루 나그네

초판 발행 1981년 6월 10일
중판 발행 2020년 2월 25일

정창범 지음
홍철부 펴냄

펴낸곳 문지사
등록 제25100-2002-000038호
주소 서울특별시 은평구 갈현로 312
전화 02)386~8451/2
팩스 02)386~8453

ISBN 978-89-8308-551-1 (03810)

값 15,500원

ⓒ2020 moonjisa Inc
Printed in Seoul Korea